제프 쿤스

Jeff Koons Rainald Götz

Jeff Koons

by Rainald Götz

제프 쿤스
Jeff Koons Rainald Götz

라이날트 괴츠 지음 | 이혜자 옮김

성균관대학교출판부

독일어문학번역총서 ❶

지난 1999년 4월에 발간된 독일현대희곡선 I이 1890년경부터 1980~90년대까지의 극을 소개했던 것에 비해 이번에 발간되는 독일현대희곡선 II는 좀더 최근의 경향에 집중하고자 1960년대 이후부터 최근 2000년경까지 발표된 극을 선별하였습니다. 물론 이 두 희곡선 사이에 시대적으로 중복되는 부분이 있기는 하지만, 보다 다양한 작품을 소개하기 위해서 두 희곡선 사이에 작가가 중복되지 않도록 했습니다. 이 두 희곡선이 발간됨으로써 19세기 말부터 20세기 전체를 아우르며 독일 언어권 전체를 포괄하는 희곡선이 탄생했다고 하겠습니다. 다만 번역 실행 단계에서 롤프 호흐후트Rolf Hochhuth의 『대리인Der Stellvertreter』(1963년 초판 이후 2002년 현재 35판)이 본 희곡선 기획에는 무리할 정도의 두꺼운 분량인 360여 쪽이어서 다른 작가로 대체된 것이 못내 아쉽기는 합니다.

드라마는 어떤 특정 시대와 사회를 대표하는 기능이 있습니다. 당면한 근본 문제와 갈등이 무대 위에서 묘사되고 표현되며, 또 관중들도 그것을 근본적이면서 중요한 것으로 인지하고 동의하기 때문에 그렇다고 말할 수 있을 것입니다. 설령 지적된 문제에 대하여 동의하지 않아 스캔들이 발생하기도 하지만, 기획자는 그것 자체가 문제를 인지하고 동의해가는 과정이라고 생각합니다. 이렇게 드라마가 '시대의 거울'이라는 점에서 독일 현대 희곡을 선별하여 소개한다는 것은 독일 현대 사회와 그 정신문화를 조명해 알리는 작업의 일환이라고 하겠습니다. 독일현대희곡선 I과 II는 20세기 독일 언어권 드라마의 경향을 이해하고, 그것을 통해 그 사회와 문화를 이해하고자 하는 데에 궁극적인 목적을 두고 있습니다. 모두 서른아홉 작가의 42편 작품 모두가 그때그때의 대표적 작품이라고 할 수는 없을지라도 이 작품들로 예술가들의 눈에 비친 20세기 독일어권의 여러 다양한 단면과 그 특성이 그려지리라 확신합니다.

 일정 기간 동안의 한 문화를 소개하겠다는 목적을 가진 기획이기에 작품 선정의 기준과 그것의 적절성이라는 문제가 제기될 수 있을 것입니다. 더욱이 이런 기획이 한 사람에 의해 이루어질 때에는 더욱 그러할 것입니다. 외국의 모습을 우리의 눈으로 우리의 감각에 맞게 선별적으로 비추어볼 수도 있겠고, 기획자 손에 닿는 대로 작품을 선정할 수도 있을 것입니다. 그러나 기획자는 가능한 한 치우침 없이 있는 그대로 다양하게 전하여 소개하는 것을 번역 기획의 덕목으로 삼았습니다. 그래서 지나친 임의성을 피하기 위해 그동안 독일 문화권의 극장계에서 문제되었던 작품들을 발굴

하는 것이 관건이었는데, 그것을 위해서 독일 연구서들의 도움을 받을 수밖에 없었습니다. 사실 거론된 그 작품들 하나하나를 읽고 연구하여 최종 선별해야 함이 원칙이겠지만, 그러기에는 기획자 한 사람의 능력으로는 힘이 모자라 이 역시 기존 연구서를 참고하는 것 외에는 별다른 방도가 없었습니다. 특히 최근에 발간된 『20세기 독일 희곡 작가 Deutsche Dramatiker des 20. Jahrhunderts』(Hrsg. v. Alo Allkemper und Norbert Otto Eke. Berlin: Erich Schmidt Verlag, 2000)를 기본서로 하여 작가와 작품을 선정하였습니다.

벤야민은 번역이란 정보 제공의 의미를 넘어 원본의 새로운 부활을 의미한다고, 즉 그 작품에 새로운 삶을 제공하는 일이라고 말한 바 있습니다. 이러한 의미에서 독자 역시 번역물에서 단순히 새로운 것을 만나는 기쁨만을 얻을 것이 아니라, 그 속에서 독특한 문학의 맛까지 느낄 수 있었으면 좋겠다는 욕심도 내어보았습니다. 번역에는 반드시 오역이 따르기 마련이기는 하지만, 이것을 옥의 티로 눈감아준다면 발간되는 번역 작품들이 이러한 욕심을 만족시켜주리라 믿어 의심치 않습니다.

또한 독일 드라마에 대한 새로운 연구의 출발점이기도 한 이 번역 기획은 우리 학계와 연극계에 독일 연극에 대한 다양하고 심도 있는 담론 형성의 기회를 담보하고자, 독일 희곡 전공자들 중에서 지난 독일현대희곡선 I에 참여했던 분들을 제외하여 이 두 희곡선의 번역자 수를 최대한 확장하였습니다. 유감스러운 것은 이번 기획도 20권이라는 한정 때문에 많은 훌륭한 전문가들을 모두 번역자로 모시지 못했다는 점입니다. 아직은 어렴풋이나마 구상 중인 독일근대희곡선 I, II, III에서는 그 분들을 모실 수 있으리라 기대해 봅니다.

  어려운 여건 속에서도 독일현대희곡선 기획을 두 번씩이나 채택해준 성균관대학교 출판부에 감사를 드리며, 또 어렵고 불만스러운 상황 속에서도 기꺼이 번역에 응해주신 선생님들께 심심한 감사의 말씀을 드립니다.

  2003년 7월
  총서 기획자 이 정 준

Jeff
Koons

제프 쿤스

오늘아침,
4시 11분,
나는 이슬을 줍던
초원에서 돌아왔다.^{주1}

5권

오늘 아침

5권 제2부

제프 쿤스

극작품

메르세데스 벤츠의
우호적 지원에 감사한다

제3막

"세례자 요한, 뉴욕 1989년"[주2]

제프 쿤스[주3]

1.

그 앞에서

우린 여기 못 들어가.

난 들어갈래.

진짜?

그래, 가자구.

2.

문 앞에서

17마르크입니다.

두 사람에?

아니오, 한 사람. 두 사람은 33 마르크입니다.

33?

네, 맞아요.

여기요.

입장 확인 도장 찍을래요?

아, 아니오.

즐거운 시간 되세요.

고맙습니다.

3.
그 안에서

정말 빨리 들어왔어.

자 그럼?

좀 좁은데.

이 정도면 괜찮아.

우린

음탕한 짓거리를 하고 싶었어,

그림을 그리면서,

끝장 내고 싶었지.

내가 언젠가

이런 의식이 얼마나 중요한가를 말했었잖아.

4.
Wall of Words[주5]
(단어의 벽)[주6]

정말 끝내주네, 꽉 찼어. 엄청 많아, 아주 쉬워. 나도
휘갈겼어, 아주 화끈하게 긁었어. 큼직한 글자, 새겨
넣었어, 사랑노래 내리갈았어. 이젠 치워버렸어, 말짱
해졌어, 이슬만이 축축해. 뭐가 틀렸는지, 뭐가 부족
한지 알 수는 없어. 색깔과 따뜻한 외투만 알아 보겠
어. 마지막에야, 네가 묻는 말, 알아 들었어, 분명 절
교는 아니야, 미루면서 질질 끌거야. 우리는 잠깐 걷
는다, 우리는 눕는다, 우리는 꿈을 꾸었다, 술마신다,
그걸 했었지. 단단한 벽에 붙은 돌맹이들, 눈동자들,
강철, 얼굴마저 굳었어, 어쨌든 너무 굳었어. 이리로
오는군, 그가, 그녀도, 그녀가 토해낸 것 쪽으로, 양탄
자 쪽으로, 끈있는 곳에. 액체의 부드러움 속으로 들
어가, 감각없는 피부는 벗어버리고, 모양과 틀을 점토
로 만들지. 다투는건 피곤해, 나쁜일은 지워버려. 우

울한 근심으로 광채는 사라져, 고집을 꺽고 엄격함을
일깨워, 그렇게 일깨워진 건 감춰버려, 몸에서 싸그리
없애고 돌봐 주는거야. 이제 낡은 끈을 그위에 덮는거
야, 아쉽지만, 잎사귀는 다 떨어졌어, 가을에는, 모아
서 묶는거야. 우리는 뒤로가고, 앞으로 걸어가지, 우
리는 지껄이고, 술마시고, 춤추며, 웃어대지, 비좁은
다락방의 음악소리, 두뇌는 환하게 밝아진다, 처음엔
둥그렇게, 나중엔 되돌아서, 이제는 앞으로가. 잠깐,
너의 비열한 점을 심판받아야 돼. 난 할수있어, 내게
부족한건, 난 너그러워야겠어. 까다로운 남자가 조금
전의 일을 말한다, 방금처럼 또 다른 남자, 뒤에서 밀
려오는 망상의 파도더미. 많지 않아, 없애버려. 네가
나를, 우리가 자신을, 그것처럼, 한다는 거겠지. 그렇
다면, 함께라면, 너의 것도, 그럴거야, 하찮은 걸, 감지
하면, 우리가, 그들도 각오했을거야, 우리가 역시, 훨
씬 옛날 것에 갇히고 말았다는 걸, 알지 못했어. 그렇
고 그런거야, 그 다음엔? 보호받지 못한, 위임받은 감
시.

5.

let the bass kick
(베이스 파트로 시작해)

쿵
쿵 짝
쿵 짜 작
쿵

알겠어

쿵 짜작
쿵 쿵
쿵
쿵 짜

바로 그거야

자, 쿵
쿵 짝
쿵짜 작

쿵

재밌다
어쨌든 안 그래?
그래

6.
댄스 스테이지

흥분했어 애타게 그리웠어
얻어맞았어, 구타당했어, 혼쭐났었지
바람에 휩싸였어
저쪽으로 꺼지라구
달에게 약속했어

잠겼어
여기 열렸어
이쪽으로 들어가
이제야 나왔군

아파, 하면서
아야, 하고서
아이, 하기 전에
아아, 됐어
글로 썼다구 결심했어
얻어맞았어, 구타당했어
심했어 심해 -
알겠다구, 그만해

7.

스탠드 바에서

우리는
기술, 그래픽, 건축에 관해 이야기하는 중이지요.
구상의 개념.
정치 비판.
거창함, 어떤 언어, 어떤 의미.
논쟁, 토론. 방법론 논쟁.
색깔을 덧씌운 말, 어떤 색의, 어떤 글.
컴퓨터, 다운됐어, 개새끼, 버릇없는

호젠 록 밴드주7가 바탕화면 이야.

내일은 새로운 그림으로.

남녀노소 할 것 없이, 섹스하기 전에 공간을 지나서.

그 옆에서 그 안에서 거기서부터, 결국 그것 때문에.

거기에 들어섰을 때, 그 어떤 것을 통과해서. 그렇게
자세히 무엇을

이것이 다음엔 그것 옆에. 부상, 폭력 때문에. 착상.

도주, 그리움. 아이들, 국가. 피상적이면서

단순하게 지속하는, 여전히 배워야 할 깊이.

그러면 둔감한 상황은 언제 결과가 나타나지,

파산은 도대체 언제야? 회의론자는 언제 올바로 해낼
수 있는거야,

또 네온사인은 언제 빛의 효과를 내는 거지?

우리는 의문점에 관해 말하고 이야기는,

이렇게 자동적으로 전개되지요. 아마도 진즉 다른 길
로 빠졌을 거에요.

우리가 대단하게 정확한건 아니지요, 그건 분명해요.

시험삼아 해보는 것이 문제야, 손으로 더듬거리고
빼버리면서,

현재의 이 순간엔 미래의 행위들이 문제야.

우리가 이리저리 거기까지 마음속을 털어놓으면,
여하튼 도달하게 될 그 무엇이 문제야.

8.
뒤에서

우리 뭐 좀 더 할까?
아직도 더 여기에서 뭐 할 것 있어?
뭐든지
정말?
응
그래?
그러면 지금?
도대체 무슨 말 하는 거야?
모르겠어
기분이 어때?
글쎄, 모르겠어
저쪽 뒤로 한번 가보자
좋은 생각이야

9.
화장실

하지만 난 전혀
그이를 사랑하진 않아
그 사람 정말 매력적이야
그 사람 만지면 느낌이 좋아
처음엔 잠깐 바라보는거야
그 다음엔 살짝 키스하지 그러고 나서
결과가 어떻게 될지
또 어디까지 발전할지
그 다음에야 알게 되잖아
아무튼 인간은 그 무엇인가에 대해
어느 정도는 강렬한 욕심을 내는 게 아닐까
그것이 어쩌면 아름다운 것일 수도 있을 게고
혹은 아닐 수도 있는 거 아냐?

실험실, 실험 대상자, 실험의 구조
그 이전의 실험, 욕정을 품고

천국에서, 고양이, 장난감, 여자

뭐가 어떻다고?
무슨 말이야, 어디라구?
즉시 따라 할게
한번 먼저 해봐
난 벌써 흠뻑 젖었어

10.
바닥에서

담배꽁초와 담뱃재
오물과 콘크리트
신발과 장화
발과 여자들

남자들과 다리
셔츠 속에 팬티
팬티 속에 털
귀찮은 건 벗어

다시 처음부터
좋아, 그래

뭐라고, 뭐?
많이 화났어?
화난게 아니야

구두창과 가죽
테크노와 회초리
마약과 에나멜 구두
네 말대로 할게
널 납작하게 만들겠어

코카인 줘봐
벌써 가려고?
여기서 마리화나 말아볼까
알약 하나 더 있겠지

페터와 페터
가비, 야스민과 함께

어제 그 걸레
정말 끝내줬어

뭐 더 있어?
대체 왜 그래?
그럼 다음에 봐
내일 만나

일어난다
일어나서 나간다
물론이지, 당연해, 곧 돌아올게

우린 아니야
우린 아직 아니라구
도대체 뭐?
뭐라고, 어디서?
무얼
또 뭐?
하나 더 말아서 피우자구
그 다음에 스탠드 바로 가는 거야

11.
벽주8

그리고 그는, 아직 색을 전혀 칠하지 않았지만, 예전
에 자주 보았던, 움직이는 이런 결합체의 형상 하나
를, 그늘이 드리워졌으며, 어둡지만, 그래도 매우 분
명하게 자기 앞에서 바라본다. 구조물의 형태들. 한
묶음 남짓의 누드들, 눈 하나와 시선 하나. 어느 욕망
을 생각한 것들. 이빨들, 입술, 그것과 관련된 색깔들,
색깔만을 생각하고서, 맨 처음엔 아무 말 없이, 그것
과 관련된 말을 이미 말로 생각하면서. 관계와 거리감
과 원했던 것에 대한 감정, 눈을 깜빡일 때 반사되었
어, 그녀의 손을 치우면서. 목은 '나를 쳐다 봐'라는
의미, 마리화나 연기 역시 아무 의미가 없는 건 아니
야. 움찔거림, 자부심, 유희의 규칙들. 모르겠는데, 알
겠어. 이 경우엔, 내가 할 수도 있지만, 그가 할 수 있
을 텐데. 나는 하고 싶지 않아, 잘 모르겠어. 나는 이
렇게 해야 돼, 그녀 안에서. 잠깐만, 처음부터, 다시
한 번 자세히. 그림자가 있는 벽, 추상적인 것과 뒤섞
였어. 혼합물이 정말 진짜야, 순수한 것은 정상이구.

행동과 계획, 몸, 의도. 계획을 보고 무엇을 알 수 있지? 의도는 어떻게 나타나지? 박자가 깨졌어, 머릿속에서 부서졌다구, 사운드는 파열을 방해하고, 논리와 노래를 원하지. 주기적 변화, 리듬, 추상적으로 말해서 하나의: 그래 뭐라고 할까? 서신 왕래, 그리고 이러한 이야기들이지, 하지만 하나의 형상에, 이것이 다 나타나야 돼. 그리고 항상: 그 다음엔? 그래 바로 그거야, 맞아. 그 다음엔 뭐지? 이건 물론이고, 다음엔 그거야. 그는 이것을 바로 자기 앞에서 바라본다, 맞아.

12.
그 옆에서

독촉, 간청, 고대, 근심
그리워함, 의심함, 바라봄, 희망함

부담감
우울
동정
죄

가난, 추방, 파렴치
추위 속에서, 잡동사니 옆에서
무쇠같은 남자
네가 널 구제한 늙은 여자와 함께 한거야
나는 갈 거야, 얻을 거야, 원했어, 걸어갔어
우리는 하지만 다 나았어
우리가 사실은 그들이야, 아 그래, 그들은 그들이 아
니라구?

벌써들 춤추는군, 마셔라, 마셔, 맥주를
그러면 그녀를 조용히, 자동차 안으로 보내, 그녀를

생각
사회
술 따라주는 테이블
의자

구조
건물
조각품

건축물

비탄, 공허, 독서, 불안
술 취하고, 노래하며, 미소 짓고, 웃으며
춤추고, 얘기했어, 넷이서, 숙고했지
퍼마신다, 술마신다, 춤을춘다, 맥주
그리고 아름다움, 목장, 별들, 황소

당신과 함께
나의 집으로
당신 집으로 당신 집으로

13.
손님 명단

젊은이
노인
중년 남자

귀여운 생쥐 아가씨

요염한 플레이 걸
털많은 고양이 아가씨

성 요한
영국 경찰
헝겊 동물인형
작가
화가
음악가

언론
돈
관객

고등 법원
최후 심판의 날
판결문

세상
삼라만상
우주

14.
배운 게 없으면
술집 주인이 되는거야

고뇌의 노래
밤에게 바치는 기도
세월따라 구부러진 몸
비애를 되씹어보네

사라짐
매달림
심란했어
민감했어

당신 애인을 놓쳤어
노래불렀어 친해졌어

지금 그들처럼
아직 그 여자는 한 번도 하지 않았어

우린 다시 한 번 하고 싶었어

체험한 것
그래도 나쁘진 않았어
행동한 것
그래도 재미는 있었지
우리는 갈거야
오라고 불렀어
우리는 고개를 돌리지

밤에게 바치는
노래
설움에 북받쳐
울부짖었어

한 번에
엄청 마셨어

머리카락 듬성해진걸 알아챌 만큼
그작자들 오래전부터 알고지내지

15.
문들

미안하지만, 오늘은 단골손님만 받습니다
저는 바그너라고 하는데요
이름이 뭐든 상관없어요
예약했는데
어디서요?
여기서
아 그래요
확인해 보세요?
이름이?
바그너
바그너요?
네
죄송하지만, 여긴 없네요

그럴 리 없는데

어째서죠?

제 생각엔, 여기 써 있는 것 같은데
사실, 많은 사람들이 그렇게 생각하지요
하지만 당신 이름은 여기 없어요

그럴리가 없는데

그렇다니까요
이제
제발 좀 창구에서 비켜주세요
손님들이 들어올 수 없잖아요
모두 다 단골손님들인가요?
아니면?
그걸 자세히 알고 싶으세요?
이름이?
바그너입니다
바그너 씨, 당신 얼굴 보고 싶지 않으니까
그냥 밖으로 나가주세요

그러면 당신 후회하실 겁니다

부르다에서 오셨어요? 슈프링어에서 오셨다구요? 정

말 끝내주는군요

이제 그만 여기서 꺼지라구요 제발

일하는 데

방해된다구요

16.
생맥주통 술 나오는 꼭지

이제 모든 것을 훌륭하게 다시 한 번 되풀이해야 한다
거나, 아니면 반박할 것을 그가 생각하는 건 아니야,
오히려 그 반대야, 그러면 정말 우스꽝스러운 일이 될
거야. 그건 정말 끔찍할 거라구. 그가 생각한 것은 차
라리 일종의 상황 묘사라 하겠고, 그러는 중에 추가한
이 부분은 훼손된 것에 대한 보고라 하겠어. 이제 그
가 아주 자세하게: 무엇을, 어떻게, 얼마나 자세하게
말할 수 있을까? 라는 점은 제껴두자고 해도. 그러면
결말이 어떻게 되는거야? 맞다, 틀리다 라고 계속해서
말하면서 몰락하는 상태가 되겠지. 그러면 지금은?
그들이 수와 중요성과 주도권에서 엄청나게 증가한
것처럼 보이는데. 이미 전반적인 상황이 거의 이것과

일치할 수도 있을게고 또 그런 상황을 실제로 우리가 짊어질 수는 없을 것인가 아니면 짊어질 수도 있겠지. 말하자면 시체를 넣는 관의 전설들이라고 할까, 그래. 게다가 그 당시 알고 있는 것은, 예전에 그들이 있었던 곳에서 우리가 할 수 있을지, 또는 할 수 있다면 등등의 물음들이야. 이러한 것들은 오늘날 우리가: '그 당시 나의 삶, 오늘의 나'라고 말하며, 또 말해야 할 때, 격려의 차원에서 할당된거야. 나처럼, 나라면, 너의 것은 없는 상태에서. 그러면 이러한 나머지 실재와는 정반대되는 것은, 간단히 말해서, 그런 식으로 따돌림받아 과격하게 되는거겠지. 행하지도 않고 회개하는 사람은, 결코 범인이 아니라는 건 아니야, 이런 경우엔, 그 사람이 바로 장본인이라는 게 일반적이지. 그건 아무짝에도 소용없어, 정말이야. 그러면, 어쨌든 이건 또 무슨 말이야? 자아라는 본질과 자기 집이라는 이 말. 여기가 언젠가 여분의 장소, 참수형의 장소, 침전의 장소였던가? 오늘날 상황은 어떻지? 파괴, 획득, 이것은 맞서서, 외부에서, 전쟁, 내적 형식에서, 라는 뜻이며, 또 주변부에서 계속 버티고 있다는 뜻이지, 그것 말고는 무얼 말하는 거겠어? 천지창조를 생각한다면, 이러한 모든 것은 어떤 의미가 있는걸까? 이렇

듯 지금-시간-순간의 끝에서, 바로 그 이전의 첫 번째
시간에 대항하며, 그것의 두 번째 시간이 그곳에서 흔
들리고 있는 것처럼, 죽은 정신에서 실제로 그렇게 새
싹이 돋아날 수 있어야 하는 건데. 이미 그것은 진행
되고 있다고 생각해. 말하자면, 거기에 답변이 있을
것 같은데, 하지만 그건 당연해, 현실은 여기에선 붉
은색과 붉은 관청을 대변해주면서, 본래 정신이 참으
로 **존재**하는, 커다란 책을 상징하지. 그렇다면? 그 다
음엔, 어쨌든, 아마 어떤 식으로든지, 그것은. 아니면
오히려 정반대겠지, 아마. 확인해봐.

17.
술집 카운터 테이블

좋아 그 아이디어
이런 의미에선
작품 구상 초안의
의미야
육체를 숭배하며
호의를 베푸는 잡담들

간단히 얘기해봐

한 여성이 예술가에게 설명한
이러한 장면들 중 하나를 그녀가 물어본다
예술가 선생님, 질문이 하나 있는데요
말씀하세요
뭐든지 대답해 드리겠어요
꽃병과 대화하는 것이 문제예요

뭐가 문제라구요?
뭐가 대화하는 것이 문제라구요?
술병이?주9

인터뷰를 상의하는 것
질문을 던지는 것
아이디어를
아주 잠깐 그렇게 했지
함께 젖었어 안에서 그때 그리곤
거기에 도달한거야

지금은 거슬리는 것 같애

어찌됐든
꼭 해야 할 필요는 없어
이런 의미에선
그래야만 돼?
꼭 그럴 필요는 없어

18.
주문

얘기했어, 술취했어
춤추었어, 4시 전이야

맥주, 맥주
엉터리 그림은 날려버리라구

뭐가 어떻다구?
누가 누구랑?

맥주 넷
그래

잘 알겠습니다

맥주 넷, 맥주 넷
그리고 맥주잔은 차갑게

좋아
아무 문제없어
아무 문제없다니까, 이 사람아

춤추고 마셔댔지
졸라대고 뿌려댔지
조각품은 이미 다듬었어
구상하고 만들었지
엄청 마셨어 춤을 추었어
너와 함께 맥주 나와 함께 맥주
우리 넷을 위한 맥주의 맥주 속에
넷이 함께 맥주 너를 위해 맥주
나와 함께 맥주 또 맥주의 맥주
무조건 맥주의 맥주 속에
언제나 무조건

19.
작은 황홀

아름다워
당신이 바라보는 모습
당신 모습
정말 아름다워

당신이 웃는 모습
당신이 말하는 모습
아주 편안해

치아가
정말 하얗구나
당신의 코
정말 예뻐
당신의 말씨
음성
말하는 모습
당신의 그것

정말 귀여워
정말 매력적이야
정말 미칠 것 같애
정말 뭐랄까 그 뭐라 할까

당신의 섹스
당신의 젖가슴
당신의 엉덩이
모든 것 다
눈동자
당신의 빛나는 모습
당신의 생각도

정말 놀라워
당신의 넓은 마음
당신이 말하는 '그래'
당신이 말하는 '아니야'
나의 그리움
나의 의지
나의 욕망

당신의 환희

여기서 나가
당장

빨리 여길 벗어나
당신 집으로
여길 벗어나
여길 나가서
당신과 함께
나의 집으로
나와 함께
당신 집으로 당신 집으로

제1막

"mmm hm, hm hmmm

If I could melt your heart"

(으으음흠, 흠흐으음

당신 마음을 녹일수만 있다면)

마돈나주10

1.

섹스

아

아

아

아

아

아 아 아

아

아

아

아

아

아

아 아 아
너무 좋아
황홀해

딱 맞아
아주
정말 딱 맞아

2.

당신을 사랑해

이제부터 거짓말해도 된다고 생각해?
거짓말이라니?
이제부터 거짓말로 물어보면
거짓말해야 하냐구
대체 뭘 묻는다는 거야?
자기가 이 순간부터 태연히
나를 속인다면?
도대체 왜 그래?
우린 지금 막 섹스를 -

됐어, 자기
제발, 알아야겠어!
그래, 보여줄게

3.

아름다움

그들은 섹스한다
그들이 성교한다
그들은 그걸한다
그들이 그걸 하고 있어

조금 전에 그거 어땠어?
그들은 섹스 하고 또 한다
그들이 그걸한다
그들이 웃고 있다구?
아 그래 맞아

그들은 그걸 서로 한다
그 여자는 그걸 혼자 한다 그리고

그 여자는 그걸 그에게 한다
미친 듯이 그들은 함께 오르가슴을 느낀다

그들은 서로 꼭 껴안는다

그렇게 서로 애무한다
그들은 얘기하고 포옹한다
얘기하고 또 얘기한다

그리고 그 다음에 다시 그것을 한다
그리고 다시 또다시

그들은 섹스한다
그들이 성교한다
그들은 소리 지른다
그리고 웃는다

초인종이 울린다

그들은 침묵한다
그들은 기다린다

그들은 귀 기울인다
그들은 속삭인다

사랑해
나도
그러자 그들은 웃는다
그들이 섹스한다
그들은 서로 키스한다

자기
자기야
초인종이 울린다
그들은 침묵한다

이제 초인종이 계속해서 크게 울린다

야!
멍청아!
우리 하고 싶은 대로
큰 소리로 섹스할거야!
개새끼들아!

제프 쿤스

그들이 소리 지른다
그리고 엄청나게 큰 소리가 들린다
그리고 다시 서로 사랑한다
그리고 다시 또다시
그리고 미친 사람들처럼

그들이 얘기한다
그리고 서로서로
꼭 껴안는다
서로 얘기 나눈다
예전의 일을
방금 있었던 일을

이야기들을
말했던 것을
기대했던 것을
꿈꾸어왔던 것을

체험한 것을
생각한 것을

애기한 것을
평범한 것을

예전처럼, 그들이 그랬던 것처럼 -
그렇게 그들은 서로 가까워진다
그들이 얘기한다, 그들이 말한다
그들은 다시 서로 낯설어진다

그들이 서로 바라본다
그들은 서로 꼭 껴안는다
강렬하게 서로를 요구하면서
가까이 몸을 꼭 붙이고서
이제 서로의 몸 안에서

아 정말 좋아
그들이 멋진 걸 하고 있다
정말 새로운 것을
그들은 지금 그걸 한다
그들이 그걸 다시 한다

그들은 성교한다

그들이 섹스한다
그들은 그걸 한다
그들이 웃는다

그들은 이제 녹초가 되어서
더 이상 아무 것도 하지 않는다
그들은 벌써 온몸이 다 아프다
거의 모든 곳이 다
어떻다구?

그들이 그걸 한다
그들은 숨을 들이마신다
그들이 서로 꼭 껴안는다

그들은 이걸 사랑이라 말한다
그들은 행복의 노래를 부른다

4.
옛 노래

새벽녘까지
키스를 하도 해서 상처투성이야
뾰루지와
빨간 반점이
얼굴 여기저기에
해맑은 바람
하늘엔
멋진 구름

모든 것이 아주 빠르다

벌써 오래전부터
언젠가는 너와
자고 싶었어

이 여자를 전혀 몰랐어
처음 건네는 말치고는
꽤나 꾸밈이 없더군

웃고 있구나
이마에 흘러내린 너의 머리카락

너의 모습이 아름다워
바닥에 있는 운동화 한 짝
은빛을 띠며
내게 손짓하고 있어

우리 나갈까?
어디로?
어디든 상관없어
지금 빨리 가!
사라진다

그다음엔 호텔에서
방에서
담배를
조금 전에 탁자 위에
놓고 왔어 분명해
그걸 재빨리 갖고 올게
그리고 성냥은?
한 번 더 뛰어갔다 올게
성냥 갖고 와
우리는 이야기한다

아주 멋있어
우리는 서로 만진다
우리는 곧장 키스한다
소파에
우리는 이제 비스듬하게 걸터앉는다
미칠 것 같아
우리는 바닥에 눕는다
우리는 침대에 눕는다

아름다워
굉장히 아름다워
너의 온몸에서
느낄 수 있는 모든 것이
네가 하는 모습이
너의 지금 이대로가
내면으로부터
몸 전체 모두 다
아름다워

우리는 소리 지른다

그리고 엄청 행복하다
우리는 웃는다 그리고 왜 웃었는지 서로 묻는다

온몸이 다 젖었어
몽땅
온몸이 땀투성이야
얼굴이 그리고 여기 아래도
머리카락도
그걸 한다는 행복감
한밤중 내내
가장 멋진 일을
미칠 듯이 좋아

서로 사랑에 빠졌어
당장에
이제 여기에 대해선 아무 말도 하지 않기로
조심하는 거다
주의해

어스름한 새벽녘 그 다음엔
다른 얼굴들

불을 끈다
그리고 먼동이 튼다
날이 금새 밝아온다

나 샤워할게
자기는 조금 더 침대에 누워 있어
엎드린 채
이젠 혼자야
뛰어갔다 올게
천국의 문 앞에서
공연 프로그램 갖고 올게
어디라고?

자기를 사랑한다는 건

폭풍처럼 격렬하고 햇빛처럼 빛나는거야
내가 돌아온다
옷을 다시 입었어
여기에 당신이 서 있다
여자 하나
그리고 남자 하나

남자와 여자: 아름답다
이별
내려가는 승강기 안에서
섹스와 웃음
우주와 하나가 된 황홀한 감정, 분명해
포옹과 헤어짐
그것조차도 역시 아름다워
멋있어

이젠 각자 따로따로

새벽녘까지
키스를 하도 해서 상처투성이야
얼굴엔
뽀루지와
빨간 반점이 생겼어
바람이 분다

사랑하는 이들을 위한 전령
당연히 모든 것을 위한
새로운 생각들

우리는 위를 올려다본다
조급하게 흘러가는 구름들
우리는 하고싶어
우리는 할 거야
우리는 할 수 있어
우리는 해야만 해

무슨 일이든 분명 일어날 거야

난 충만해 있어
모르겠어
오늘 어쩌면

5.
그들이 담배를 피운다

불안에 대한 이야기
미움에 관한 요설
어느 질투 장면에 대한 보고

너를 사랑하니까
너를 두려워하니까
나는 너의 것이니까

모든 것에 관한 대화
다정다감한 말
아주 산뜻한 문장들

네가 여기에 있으니까
내가 너를 느끼니까
우린 우리이니까

가까이 있음으로써 하나의 관계가 시작된다는 것과
희망이 오랫동안 지속된다는 것
우리는 담배 피우고 이야기하고
한 사람이 다른 사람에게
서로 기대게 한다

우린
모르겠어

하여튼 가능해

말하는 것과 얘기하는 것에 대하여
숨쉬는 것과 느끼는 것에 대하여
포옹하는 팔에 대하여
풍부한 것과 아름다운 것에 관하여

바로 너니까
그리고 바로 나니까
우린 서로 함께 있으니까

말
입술
눈
이마

너를 사랑하니까 자기야
너를 보고 있으니까
자기야
위로받고 마음을 서로 나누었어
그걸 하고 행복했어

서로 바라보았어, 일을 저질렀어

사랑했어 그리고 말했어

너는 나를

그리고 나는 너를 원했으니까

우리는 서로를 원했으니까

그리고 담배 피우고 이야기한다

6.
그들은 이야기한다

부모님이 돌아오실 거야. 그분들은 어떤 표정을 지으
실까? 엄마는 행복한 어린 시절의 음성을 지니고 계
셔. 그거 다시 한 번 말해봐. 그 당시에 어땠어? 평온
했다고 기억해, 평범하고 진지했었지, 하루하루가 황
홀하게 계속해서 오고 갔다고 기억해, 내가 예전에 보
았던 다른 가족들과는 달리, 편안했어. 전혀 다른사람
의 주목을 불러일으키지 않는 관심의 고요함이, 어느
한 곳에 머물러 있었어, 체험한 것과 이야기할 필요가
있는 모든 것에 대한 기쁨말이야. 불안과 위대한 생각

들, 흉칙한 얼굴들과 밤의 유령들: 쉿 쉬잇. 무서워하
지마. 안심하라구. 내가 엄청난 공포에 사로잡혔다는
걸, 그때 난, 병들었다는 걸 몰랐어. 난 엄마한테서 충
고를 들었고 그분의 몸짓이 전달해주는 것을 보았어,
온화한 모습으로, 그분의 눈에서 이해심과 우수를 보
았어. 나는 그분의 지식을, 그분의 아름다움을 보았
지, 예전의 나는 이랬어, 난 그분의 모습으로 바뀌어
갔어. 아버지의 광기: 생산물. 처음엔 그것과 비슷한
것을 찾으려는 조급함. 세상살이에 대한 무지함, 뭐든
지 다 얘기해버리려는 병적 증세, 끊임없이 반복하는
상대방에 대한 폭력, 아주 사소한, 하찮은 모든 표현
에 대해서도 극도로 빈번한 정신 착란, 매사에 말을
시작할 때마다, 모든 문장마다 매번 내뱉는 안돼, 안
돼, 안돼, 안돼, 안돼 라는 말. 비웃음과 흥분, 줄기차
게, 모든 사람과 모든 사물을 거부하면서, 개개의 사
물과 개개인을 거부하면서. 항상 성급하셨어. 파괴
자. 예민한 남자. 사나운 개였어. 당연히 사랑받고, 실
제로 과도하게 내가 사랑했던, 그리고 나중엔, 이와
똑같은 정도로 당연히 과도하게 미워했던 사람이야.
아버지의 얼굴엔 청소년에게 허용된, 고뇌하는 소년
시절인, 나의 힘들었던 지난 날의 흔적이 배어있어,

그분은 지금까지 걸어온 내 삶의 재산이야.

7.
그들은 어렴풋이 깨닫는다

암청색: 세상에서 가장 아름다운 색깔
새벽종이 울린다
누구에게 인사하는 걸까?
누구를 부르는 걸까?
어린 누이로부터 메시지가 온다

비둘기 깃털 하나하나를
발견한다
마지막 남은
오래된
울퉁불퉁한 돌멩이 하나하나
실 한 가닥, 헝겊, 찢어진 조각 하나
나뭇가지 하나
잎사귀 하나, 지푸라기 하나
몇 년 전에 끼워두었던 꽃송이 하나
거들떠보지않았던, 마음 쓰지도 않았던 모든 것이

등 굽은 사람들의 우주 안에서
왕이 되고 왕비가 된다고 한다
엄청 찾아 헤매다가
아주 힘들게 발견했어
엄청 공포에 사로잡혀 벌떡 일어났지
평생 내내
엄청 거칠었지만 사랑스러웠어
고집 부리면서, 무절제했어
상황 파악도 못하고, 꽤나 멍했어

거의 대부분은 아니지만
그래도 많은 것을 성취했어
선물받은 사람들은 그래도
여기까지 되돌아와서 머물게 된 자들이야
아직은 함께 떠나지 못한 자들이지
괴로움과 죽음과 더불어
고통과 잘못과 더불어
그리고 어두움을
그것의 위력과 그것의 자비로움을 안다는 것

작은 꽃송이 하나하나, 누이, 너의 것

그리고 우리들의 삶을 향해 보내는
너의 안부 인사
바람이 보내는
비둘기 깃털 하나하나
어린 누이로부터
위안이 되어 온다

8.
깨어났어

나의 눈동자
나의 심장
나의 꽃잎

나의 참새와 토끼
당신과 아기사슴
당신 향긋한 냄새

당신 온몸에
입맞춤 가득 담은 살갗

나의 거칠고도 부드러운
나의 하얗고도 촉촉한
사정해서 젖은 배

나의 음부
정말 끝내줘
내가 입맞춤한 곳
그리고 모두 다

나의 당신
그리고 나의 나
당신을 위한 나의 모든 것

나의 심장과 눈동자
그리고 꽃잎

9.
그들은 함께 잠잔다

그리고 어린아이의 눈에서

나는 보았어
잠깐 동안
새로운 세상이
잉태하고 있는 걸

그러자 그것은 없어졌어
모든 것이 딱딱했어
모든 것이 다 아파
왜 그런지
아무도 몰라

나는 명랑하면서도
뻔뻔해졌지
치사하고 교활해졌어
그때 나는 나쁜 애였어
벌써 쏘다니며 휘청거릴 줄도 알았지

그러자 저녁마다 수치감이
잠자리에선 기도를
시편을
죄책감이

그리고 신앙의 엄숙함이

광활한
공간
바퀴가 돌면서
열린 세상으로
들어간다

다정한 형제들
우리는 입씨름을 해, 우리는 몸싸움을 하지
각자가 따로따로, 자기 영역이 있어
그리고 나서 나중에: 이야기하는 거야
한 사람이 언제나 시작하지

학교다닐 때 신나지 않은 날은
한 번도 없었어
배움을 터득한다는 건
미안하지만
이건 정말 멋진 일이였어
지식을 이야기하면서 얻는 것
순전히 낯선 사람들한테서

사실을 계속해서 얘기하도록 하는 것
그리고 낯선 사람들을 여전히 바라본다는 것
아주 가까이서
매일 매일

우정
친구들
녀석들, 녀석들, 녀석들
애착과 예민한
감수성을
지니고 있는 그 이유가
이제까지 얘기한 것 보다
훨씬 더 많아 아직도

난 그걸 알고 있어

사랑받는다
과도하게, 평범하게
그것보다 더 많이
존경받는 친구에게서
열정을 일깨운다

남몰래
우리는 손잡고 돌아다닌다

이제 시작할 수 있어
모든 것이 다 여기에 있잖아
자

밖에서

"풍경을 바라보는 눈길이지요,
친구여, 친구, 친구"

브레히트[주11]

1.

팔레트 앞에서

저 사람들 도대체 여기서 뭘 하려는 거야?

어디?

저기

모르겠어

여기 들어오고 싶은가봐

말도 안 돼

아니야, 봐

2.
괴어리츠 기차역에서 온 등 굽은 사람들이
행진한다

비켜봐
야, 놈팽아
여기 좀 지나가자구
너 이 개새끼
너 맞고 싶어?
뭐, 뭐라고?
여기서 널 팰 수 있다구
덤벼봐

그는 발로 그를 짓밟는다
그는 심하게 그를 때린다
그는 발로 그를 찬다
그는 소리 지른다 그리고 그가 간신히 숨을 헐떡인다

잠깐만
잠깐
너 여기서 잠자코 있어

옷만 번지르게 입은 원숭이 새끼

야 터키 놈아, 아랍새끼야, 바퀴벌레, 상놈새끼야

야 거렁뱅이, 개새끼 얼간아

야 되놈 돼지새끼 야비한 놈 멍청한 새끼

덤벼

야 덤비라구

덤벼 보라구

너

이리 와

야 와보라구 너

야 거렁뱅아

여기서 널 납작하게 패주겠어

죽이 되도록

3.
바닥에서

바닥에는 물품 구매 용지 한 장이 있다, 휘갈겨 쓴 필
체로. 거기에는 다음과 같은 글자가 적혀 있다: 잠자
면서, 묘지에서, 장례식. 감자, 달걀, 치즈, 소시지. 불

안해서, 손목에, 하인, 모자를 쓰고. 악취, 잔인해, 술
취했어, 멍청해. 박살났어, 망가졌어, 가정, 옷장. 창
문턱, 상실, 면제받았어, 낡았어. 오물 더미에, 추워
서, 콧물이 흐른다. 시도, 떨렸어, 서두름, 걱정하면
서. 목도리, 원했어, 빵 가져와, 그의 다리.

도대체 저기
저 바닥에 있는 게 뭐야?

물품 구매 용지 한 장이 바닥에 있어.
그 옆에는? 망가진 것들이 널려있군.
사람들, 물건들, 그리움들이.
운명, 죄 그리고 개새끼 똥.
그가 조금 전에 이미 그걸 말하지 않았어?
그리고 이건? 이게 뭐지?
이것도 개새끼 똥이야? 안 그래?

시체다
그래, 시체야

아하 그래

아니야, 술취한 사람 같은데. 아아 맞아. 마약 중독자
와 거렁뱅이, 분명해, 펑크족 한 명과 그의 개. 그럼
됐어. 여기 앉아볼까. 좋은 생각이야.

4.
호소

이 세상의 망가진 사람들이여
일어나라
벌떡 일어서라
여기에 마실 것이
있도다

저 사람 뭐라고 하는 거야?

저 사람들이 지금
음료수를 따라주잖아

그러면

저쪽으로 가서
포도주나 갖고 와보시지
오늘은
포도주 생각 전혀 없어
오늘 헤로인 먹을거야

실은 그거
역시 멋진 생각이야

5.
아래에서

우주에도 의미가 있을까?
지옥에서 바라보면?
글쎄, 넌 어떻게 생각해?
내 생각엔, 지옥은 우주의 한 부분일 거야,
너무 뻔한 얘기겠지만, 우주의 한 부분일 거고,
그래서 우리가 살고 있는 여기가 실제는 지옥이 아닐
까.

모든 괴로움과 번뇌의
우주를 말하는 거야?

아니야, 대체 왜 그래, 허튼 소리 그만해.
우리는 괴로워하기만 하는 건 아니야,

그래도 우린 꽤나 우리 자신을 잘 방어하고 있는거야,
그러다보면 인생이라는 경기 시간에 딱맞게 끝내겠
지,
안 그래?
이런 식으로, 앞을 내다볼 수 있는 능력이 생기는 게
그래도, 잘 모르겠어, 하지만,
그래, 이걸 뭐라고 할까? 아무튼 상관없어, 이리 줘
술병 좀, 야 임마, 우선
너부터 한 모금 더 마셔.

허우적거리고 싶어?
아니, 잠자러 갈래.

6.
붉은 잿빛

당신 누구지?
바로 나야.
아닌 것 같은데.
잠깐만.
지금 그거 너무 빨랐어.

그러자 다른 여자가 때마침 나타난다, 그녀가 말한다,
자기는 꽤나 거칠다고.
어 정말? 거기가 아파?
그녀가 말한다, 자기는 아무것도 말하지 않겠다고, 자
기는 그냥 얘기만 할 뿐이라고,
자기는 여기선 얘기할 자격이 없다고.
이해할 수 없어, 그가 말한다, 왜 그래, 그러자 그 여자
는,
이건 내면의 입장에서 보면
전형적 이라고 한다.
그러면 그 누군가가 된다, 갈색의 잿빛인 그 여자,
자기는 잘 알겠다고 그가 말한다. 그녀는 그 남자를

안으로 넣는다, 아야 아파서 외치는 소리 속으로,
밖으로 라는 소리쪽으로 빼낸다, 라우테 악기 곁 부분
밖으로,
이런 식으로 표현한다. 아 라는 한마디 말, 아하, 알겠
어, 그가, 그리고 그녀가,
그녀는 물러서지 않겠다고 한다. 좋아 라는 한 마디
말을 하자마자,
그렇게 서로 상대방 안에서, 그녀가.

언어, 그녀가 그것을 깨뜨렸어, 모든 여자들 처럼, 그
녀는 그것을 붙잡았어.
그녀는 자기가 살고 있다고, 변명조로 말했어.
자기는 걷기도 하고 또 달리기도 한다고, 자기는 그렇
게 단호하지 않다고,
자기는 축축한 것을 내버려둔다고, 자기도, 그도 술을
마신다고 한다.
그러면 주저앉는다고, 자기는 물러선다고, 그는 그만
솔직해져서
언어를 쫓아가다가, 낙담하기도 하고, 충동에 휩싸인
채, 입을 다물고 있다고 한다.

그가 여자아이를 희롱하고 있어,
그 애는 이제 열한 살이야,
그는 그 점이 멋지다고 생각하지,
그는 애인이 하나 있어.

그는 자기가 그 애를 사랑한다고, 생각했어,
그 애는 자기가 애무받는 것을 느끼지,
그들은 이제 각자 혼자야,
그 애는 뭔가를 갖고 있어.
하지만 이건 멋진 일이잖아.
내가 네 마음에 들어?
얼마나, 자기야,
다리 좀
벌려봐,
잠깐 좀 더 자세히 볼게.

와아,
멋져.

7.
행복

the rhythm, the message, the colour, the funk
the music, the city, the sound the words
the concept, the art, destruction of time
the echo, the dark, the mean and the dirty
the true and the real, the real and the slow
the fuckers, the suckers, the dick and the pussy
the sex and the flesh, the kiss and the ass
the clean and the true, the truth and the lie
the open and closed, the end and another
begin of beginnings, the death and the dark
the heavy, the slow, the lower, the higher
the better, the last, the rhythm, the messages
the colour, the funk, the music of word,
the word of the words, the music of time
of time, time, time, of time, time, time
time, time, time,
time

(리듬, 메시지, 색깔, 얼간이
음악, 도시, 말의 사운드
개념, 예술, 시간의 파괴
메아리, 어둠, 평균과 더러움
진실과 실재, 실재와 느림
바보같은 놈들, 어리석은 놈들, 뚱뚱이와 말라깽이
섹스와 육체, 키스와 엉덩이
순결과 진실, 진실과 거짓말
열림과 닫힘, 마지막과 다른 것
태초의 시작, 죽음과 어둠
무거움, 느림, 하급자, 상급자
잘난 놈, 못난 놈, 리듬, 메시지들
색깔, 얼간이, 말의 음악
이야기의 말, 시간의 음악
시간의, 시간, 시간, 시간의, 시간, 시간
시간, 시간, 시간
시간)

당신이 무슨 생각을 하고 있는지
물론, 알고 있어

그는 그녀의 손을 잡고
옆으로 데려간다
목을 감싼 두 손
그가 그녀의 옷을 벗긴다
그녀의 몸이 따뜻하다
이제 그녀는 푸른 멍이 들거다
그가 그녀를 소유한다
그녀는 소유할 수 없다
그는 이제 개 같은 충동에 사로잡힌다
충동이 거기 안에서 일어난다
잔인하게 어떤 식으로 든지
하지만
벌써 저질러지고 말았다

8.
하느님 아버지

그가 이렇게 주장하는 거야
자기가 이 모든 것을 여기서 고안해냈다고
자기가 이것을 만들었다고

자기는 발명가이며
그점에 대해 책임을 진다는 거야
자기가 이에 대한 책임을 떠맡는다는 거지
잠깐 자기 말을 좀 들어보라고
부탁한다는 거야
모든 사람이
겉으로만 흥미있어 할 뿐
사실은 절대로 그렇지 않다고
지금 그가 말하고 있어
어이, 이것 보세요, 내 말 좀 들어봐요
바로 내가 여기 있는 모든 것을 고안한 발명가입니다

정말?

그렇다구요
자기가
예를 들자면 옛날에 언젠가 한 번
부부 한 쌍을 만들었다는군
물론 아주 오래전 일이지만
그런데 그들이 이 사실을 알고 있느냐는 거야?
구호금도 자기 것이고

심지어 메르세데스, 벤츠까지도
자기가 국회의원 모두를 만들었다는군
주식시장과 돈과 그밖의 것도
그래 정말이야
그들이 비웃겠지만
이건 맞는 말이라는 거야
하지만 이런 모든 것이
정말이지, 몇 년 동안 내 내
자기를 끈질기게 괴롭혔다는 거야
게다가 자기가 맥주도 발명했다는군
담배와 초록색도
심지어 초록색에 소속한 정당도
선거와 그 밖의 것도
자기가 머릿속에서 고안하고 생각해낸
그 모든 것, 여기에 있는 모든 것 다
이제 그가 다시 한 번 말하고 있어
그들이 그점에 대해 도대체 무슨 생각을 하고 있는지
여기, 이 안에
자기 안에
자신이 짊어진 멍에가 무엇인가를

흠 으흠

그들은 지금 잠자코 있는 것 같지만
좋아, 그들이 자기 말을 곧이듣지 않는다는 거야
괜찮아
자기도 그 점을 알아채고 있다는 거지
하지만 그들이 잘못 생각하는 거라고
그가 큰 소리로 말하고 있어
당신네들 잘못 생각하고 있는 거야
예를 들자면 모든 권리조차도
누가 만들어냈는지, 자세히 말해서: 자기가, 여기 자
기 머릿속에서 고안해냈다고 하지
그는 완전히 지쳤다는 거야, 그래, 그 누가 이 모든 것
을 다 견딜 수 있겠냐는 거야
그들이 조롱만 할거라는 거지
자기를, 하지만 그건 잘못된 거라는 거야
결국 그들은 틀림없이 알게 될 거라고
언젠가는
자기를 이해하게 될 거라고 말이야
저기에 있는 사람도 역시 그중의 하나일테고
저기 저 사람도, 그 사람도, 그리고 이 사람도, 맞아

다른 사람들도 다 자기가 만들었다는거야
예를 들면 저기에 저 사람, 저 사람도

아하 그래

그가 그의 웃옷을 훔친다
그가 그의 돈을 빼앗는다
그가 작품을 날쌔게 잡아채더니
그것을 감춘다
그가 이제 그에게 미소를 짓고는
어느샌가 잽싸게 달아난다
그가 그의 것을 훔쳤다
저기 다른 사람의 것을, 저기 그 사람은
자기가 여기에선 주님이었더라면
놈팽이와 남자 매춘부였다면
거지와 사기꾼이였다면
반사회적인 사람들의 대리인이였다면
이것도 저 부류 속에 포함될거라고
그가 말했어, 그래, 이 모든 것을
하느님 아버지로서 자기가
그렇게 만들었을거야, 현명하게

제프 쿤스

아하 그래, 그렇구나
담배 한 개비 좀 줘
불 좀 줘

너 조심해
히 히 히

그가 그를 짓밟는다
그가 그를 때려눕힌다
그가 잽싸게 그를 죽여버린다
그는 숨을 헐떡이더니 죽는다

9.
밤

이런 식으로 그들이 거기에 앉아 있었죠, 네 맞아요.
이런 식으로 그들이 앉아서 술을 마셨지요,
그들은 맥주를 마셨고 포도주를 마셨죠.
그들은 싸구려 브랜디를 마셨고, 담배까지도 피워댔죠,

그들은 지꺼려댔고 까치 담배를 피웠어요,

그러다가 그들은 대마초도 한 대 피웠죠,

그들은 소주를 마셨고, 코카인도 약간,

다음엔 헤로인도 먹었죠, 그들은 거기에 앉아서

기분이 끝내주게 좋았어요.

이제 그들은 정신이 몽롱한 상태가 되었던거죠.

경찰 짭새 하나가 왔는데, 친절한 녀석이었죠,

그들은 자리를 옮겨야한다는 거죠, 안 그러겠어요?

네 그러구말구요, 이봐 친구, 걱정 말라구,

아무 일도 아니니까, 걱정 마, 별일 아니야.

그들은 계속 걸어가다가, 길모퉁이를 돌아서,

멋진 벽에 기대어 앉았지요.

그들이 거기 앉아서 지껄여댔어요.

사람들이 오페라 하우스에서 나오는 것을 그들이 보았던거죠.

어이 사장나리, 우리에게 줄 돈 좀 있어?

클럽에서, 연극 공연장에서 나오는 사람들을 그들이 보았던거죠, 그러고는 이렇게 말하더군요,

불쌍한 돼지새끼, 연극씩이나 보러 다니는군,

지갑이나 꺼내봐,

우린 급히 약을 사야된다구.

그들은 새빠빠돈을 선물로 받아 쥐었지요,

부자들과 재산가들의

기분을 살려준 대가로,

그들은 자기들의 불행을 선뜻 선물로 내주었던거죠.

그들은 먹을 것을 구입했는데,

갑자기 배가 고팠던 걸게고,

소주와 포도주 몇 병,

헤로인은 아주 조금, 그리고 또 코카인도 샀지요.

그들은 다시 마약을 먹었어요,

대마초도 피우고, 술도 마시고, 기분이 만사 오케이였

어요.

그날 밤, 그날은 끔찍하게 추운 건 아니었지요,

그래요, 여름이었으니까요, 멋진 계절이죠,

그들은 거기에 앉아서 지껄여댔어요.

지껄이고 또 지껄여댔지요, 저기 좀 봐,

누군가 말했죠. 대체 어디? 저기. 이크 바로 그 놈이잖

아.

대체 뭐하는 놈이야?

예술가가 분명해,

딱 보면 알아,

예술가라구,

표시가 나잖아,
뭔가 알 수 있어, 정말이야.
예술가라니, 맙소사,
어이구, 예술가래.
저런 작자는
뭘하고 사는거야?

제2막

"It had the aura
of a heroic and polemically
creative place."

("이곳은 영웅적이고 논쟁의 여지가 있는
창조적인 공간의
신비한 아우라를 담고 있지요")

리하르트 마이어주13

1.
침대에서

자기야?

응?

사랑해

나도, 자기야

하고 싶어

응, 그래

2.
작업실에서

죄송해요!

왜?

너무 일찍 왔지요?

무슨 일이야?
잡지사 보그주14의 여기자가
통화하고 싶어 하는데요

그 여자 미쳤어?
도대체 몇 시야?
11시 조금 전인데요
이따가 다시 전화하라고 그래
멍청한 여자군
알겠어요
아침식사 좀
가져올 수 있겠지?
예
신문도
그 밖에 다른 것도
그럴께요

위츠귀르!주15

뭐라고 하셨어요?
아니, 아니야.

농담이야
기분이 괜찮아
네?
예전처럼
기분이 아주 좋다구
그러면 다행이구요
나도 그래
좋네요
나도

3.
오늘 아침

그녀가 아침식사를 갖고 온다
황금빛으로 하루를 시작한다
황홀하게, 새롭게, 경쾌하게
그가 침대에서 벌떡 일어난다
거대한 공간
아침 태양이 웃는다
그가 웃는다

당신 조금 전에 정확하게
뭐라고 말했어?

그가 신문을 든다
그가 신문으로 신호를 보낸다
그가 자리에 앉아서
읽는다, 그가 욕하기 시작한다
무언가를 말하는 듯 제스처를 크게한다
그가 잠시 머리를 긁는다
목을 긁는다
그가 순간 흥분한다
잠깐, 그는 아이디어가 떠올랐다, 아이디어?
어떻게, 얼마나, 어째서?, 잠깐

지금 막
멋진 구상이
떠올랐어

방금 그게 뭐였더라?
구상, 아이디어?

그걸 어디서 보았더라?
그걸 누가 제작했지?
무엇보다도
어떻게 제작한거지?
그가 잠시 환하게 웃는다, 그가
다시 머리를 손으로 움켜쥔다
일어선다, 재빨리 왔다 갔다 한다
웃는다 그리고 기뻐한다
보아하니, 분명해

어 어
아주 끝내줘
아주 좋아 그래 그래
맞아

그는 종이를 손에 쥔다
그가 끼적거리며 글 쓰는 모습이 보인다
질문:
예술가는 거기서 무엇을 적고 있나요?
그가 입은 실크 잠옷이
도자기의 촉촉한 광택이

유리 주전자의 희미한 빛이 보인다
예술가가 커피를, 오렌지 주스를 마시면서
서두르는 것이 보인다, 무엇을 하려는 욕구가 보인다
그가 찻잔을 내려놓는다, 조금 전에 그것이 뭐였더라?
하지만 그가 바로 조금 전에 했던거다, 지금 그는 허
공을 향해
올려다본다, 그가 거기서 무언가를 보고 있는 것 같다
그가 창문가로 걸어간다, 웃는다
그리고 밖을 향해 인사한다,
나무에게 인사한다, 소리지른다

바로 그거야
바로 그거라구
맞아 맞아

그가 화선지 쪽으로 서둘러 간다
적어두자, 적어둬 라며 무언가를 중얼거린다
그가 그것을 한다, 그가 그것을 한다, 그는 클라이스
트주16를 생각한다
그에겐 빛이, 시간이, 시간이 더 많이 필요하다
지금 그는 기분이 좋다, 그래, 맞아

세계 속에 존재하는 자신을 바라본다
세계라는 건, 뭐라고 할까?
그가 웃는다, 그가 움찔한다, 좋은 징조야

그래 그래
그래 그래

예술가들이 행복할거라고, 또 행복해지기를
누구나 다 바라지요, 그렇지 않아요?
그들이 모든 것을, 끔찍한 것조차도
그것을 그런식으로 또 그 다음에도, 거기서 부터, 그
것을 통해서
깨닫고, 바라보고 또 환영할 수 있을거라는 것을
누구나 원하죠

아니 아니
아니야 아니야
어 어

그가 잘못 생각하는 것 같다
왠지 다른 방향으로 빠져든 것 같다

화가 치밀어 오른다

지금 그게 뭐였더라?

예술가의 몸에서

자세히 말하자면 어디에서 어디까지야?

알 수 없어, 모르겠어

그가 머리를 흔든다

그는

다시 정신을 차린다

싱긋 웃는 것 같다, 미소 짓는 것 같기도 하다

이렇게 아니면 저렇게, 또는 아마 그럴 수도?

그가 무언가를 짐작하는 것 같다

무언가를 단념하는 것 같기도 하구

어찌 됐든

겉보기엔 이런 것을 즐기는 것 같다

그래 그래

그래 그래

그가 다시 커피 한 잔을 마신다, 주스를 마신다

그가 웃는다, 그가 기뻐한다, 창가로 간다

거기서 말없이 서 있다, 밖을 내다보며 고개를 끄덕

인다

예술가는 작업 욕구로 가득 차 있다

그는 자신의 삶을 즐긴다

새로운 작품의 형상을 자기 앞에서 바라본다

이미 자기 자신이 된, 새로운 그것

그것은 하지만 재빨리 그를 통해서만

모든 사람이 볼 수 있도록 해야한다

'해야 한다'는 것은 여기서 무엇을 말하는건가

그는 아마 이걸 하고 싶을거다, 이건 아주 멋질거야,

라고 그는 생각한다

모든 사람이 또 자기 자신도, 이것을 이제 알게 될거다

그가 이런 생각을 하고 있다는 것을 사람들은 알게 될거다

멋있어 멋있어 멋있어

굉장히 멋있다구

바로 이렇게 할 거야

4.
아틀리에에서

갈등을 연출한 장면에 관한 보고서. 그 보고서에 대한 비난. 비난에 대한 논의. 공간 안에 불쾌한 일이 하나 놓여있군, 아무 말도 하지 않는 채, 사람들 사이에, 저기, 텅 빈 곳에. 뭔가를 말해야하는 그 순간에, 아무 말도 하지 않는군요. 누군가 몸을 돌리고, 바쁜 척 하는군요, 그런 식으로 침묵을 통해 냉기가 드러나는 거죠. 아주 잘돼가는 판국이야, 분노가 서서히 치밀어 오르는군요. 침묵이 감돌고 있어요. 도대체 언제까지? 아주 잠깐 동안만, 고요함이란 언어 생산에서 단지 무언의 순간이라고 할 수 있지, 중단하는 것과 얼어 붙는 것. 거기에도 고요함이 멍하게 남아 있어요, 잠깐 동안만, 아주 잠깐, 거의 극소의 순간만. 바로 다음 순간이 등장하는군요. 예술가가 공간에 서 있어요. 직원들은 아무 말도 하지 않는군요. 그들은 침묵합니다. 그러자 예술가가 말하는군요, 어떻게 되었어? 어떻게 돼가는 거야? 바로 그때 직원들은 갑자기 참을 수 없게 된거죠, 그건 너무 뻔뻔했어, 그건 너무 했다구. 바로 지금, 그 사건이 마침내 폭파해서 날려가 버린거죠.

격분

분노

이런 의미에서-

처벌하라구

참으라구

제발 부탁이야

그들은 어차피, 그가 예전엔

계약, 소송, 법원, 앉는 자리

두고 봅시다, 그가 두고 보자고 한다, 두고 보자구,

두고 봐

예술가는 놀라서 입이 다물어지지 않는는군요. 오케이, 결국 그가 인정하는군. 봉급, 예절, 주장. 비난. 개선할 것을 부탁하고, 수정할 것도 요구하는군요. 이제 그런 식으로 볼 수 있다면, 이렇게 말할 수도 있겠지, 맞아, 틀려. 그가 비난을 철회한다고 하는군요, 그가 말이애요. 그는 알겠다고 하면서, 다음엔 하고 싶다는군요. 아마도 충분할 정도는 아니겠지만, 좋다고 하는군요, 바로 그가 말입니다. 그는 부탁한다고 하면서, 모르겠다는거예요. 직원들이 성난 눈초리로 쳐다보는군요. 예술가는 그걸 알아챘지만, 그는 그걸 할 수 없었고, 그의 취향에 맞지도 않았죠. 여기엔 돈이 문제되는 게 아니었고, 또 권력도, 이념도 문제되는 게 아니었어요. 성숙함과 또 성숙이 부족하다는 점이 문제였죠. 실제로 예술가는 어린애같이 유치해서 아주 단순한 일조차도 해낼 수 없었지요. 예를 들자면 아주 하찮은 말다툼 조차도. 사람들을 짜증나게 하는 점은, 다름 아니라, 예술가가 그들을 피한다는 점이고, 또한 모든 것이 마음에 들고, 작업이 잘 진행되고 있으며, 또 모든 것이 일치를 이루고 있다는 것을 마음을 열고 털어놓기에는, 말로는 아무것도 표현할 수 없다는 것을, 예술가는 실제로 잘 알아듣지 못한다는 점이지요. 그가 터무니없이 너무 정확하게 하려 해서 사람들을 괴롭히고 있죠. 이 점은 피상적으로 볼 땐 전적으로 이성적이지만, 인간적으로 볼 때는 완전히 웃기는 일인거죠. 예술가는 이 모든 것을 인정합니다. 그는 어떻게 달리 해볼 방법이 없었죠. 지금 그는 모든 갈등을 해결할 수 있는 그 무엇을 계획하고 있어요. 성공하기만 하면, 아마도, 물론 예술 형태로 말이지요. 분명해요, 그는 자신이 얘기하곤 했던 이른바 유아 콤플렉스라는 것을 계획하고 있지요.

5.
구상

예술가는 지금 사무실에 앉아 있다
하루가 매끄럽게 진행되고 있다, 서류가 도착한다
여자 조수가 커피를 갖고 온다, 여비서가
매력적으로 보인다, 일이 잘된다, 잘 진행되고 있다,
그는 불만이 없다
전화가 온다, 그림 때문에 온 전화여서, 그는 말한다
그림 갖고는 말하고 싶지 않아
고용한 직원 예술가를 오도록 한다
그에게 새로운 계획을, 새로운 의도를, 아이디어를
설명한다
예를 들자면, 오늘 아침 떠올랐던 그 아이디어를
직원 예술가는 고개를 끄덕인다
그가 온다, 그가 웃는다, 동의한다
이의가 하나 있어서, 잠깐 망설이다가
그것을 언급한다

멋진 반론이야
맞아

그 점을 잊었어
순수한 의도에서 나온 것 같아
순전히 괴로움 때문에 결국 달리 보이는 거지
그것에서 벗어나는 것 때문에, 이 점이 어쩐지 내게는
그런 것 같아

질문이 있는데요
이것이 어떻게 가능하다는 거죠?
그럴까요?
어떻게?
직원 예술가는 단호한 듯, 팽팽하게 긴장한다

하지만 처음엔 그 의도가 문제라고
생각했지. 새로운 계획이 문제라고
어찌됐든 불명확한 것의 아이디어를 명확하게 표현하
는 것이 문제라고
하지만, 잘 모르겠어, 그렇지만
그래, 미안해, 내 생각엔
정말이지, 이 아이디어는

직원 예술가가 냉정하게 쳐다보자

그의 예술가는 장애물에 부딪친다
그러면
그래 그래
하여튼

대화가 진전이 안돼, 라고 말해야 한다
추상적으로, 정말 추상적인 상태로 머문다
지금까지는 그렇게 무모하게 구체적이진 않았다
그건 그렇고 오늘 아침엔 구체적으로
전에 말했듯이, 수공업자들과 벌어지는 실갱이들이
문제다
대단히 급한 약속들이,
일곱 개의 거창한 저 그림들이 문제다
새롭게 완성한
다섯 개의 엄청나게 큰 조각품들,
그저께 부터, 그것들은 택배원을
기다리고 있다
내일 있을 파티에 초대할, 손님목록도 문제다
큰 행사 다음에, 새롭게 단장한 헤츠러 갤러리의
개관 오프닝도 문제다
새로운 공간에,

제프 쿤스

시내 한복판에, 가장 좋은 위치라구, 분명해

여느 때처럼,

가능한 한 모든 것이 또 동시에 많은 것들이 역시 문제다

이 순간엔

지금 방 안으로 들어오는

바로 저 젊은 남자가 문제라구,

아주 공손하게 인사하는군, 자기를 소개하고 있어, 자리에 앉는군

자 준비, 시작했어, 이런 대단한 인터뷰도 문제다

예술가는 드디어 모든 것을 주고 싶고, 모든 것을 말하고 싶다

모든 사람 앞에서 자기를 보여주고 싶다, 현재의 자기 모습 그대로를, 자기가 자신을 알고 있는 그대로를

자기의 것과 자기의 작업을, 그가 이 모든 것을 모든 사람들에게

분명하게 자세히 보여주고 싶은거다, 결국, 단 한 번

그가 오늘 이것을 위해 시간을 낸 것이다

오늘 무언가를 느끼고 있다고, 그는 말해야 한다, 그가 말한다

유감이지만 뭔가 글쎄-

맞아요

뭐라고 말해야 할까?

황당하군요, 어쩌면 조금은 황당하지요

그래요 황당해요

맞아요, 아주 황당하군요

커다란 깨달음이 내 안에서 일어나길

무척이나 갈망하고 있어요

예감하고 있어요, 하지만 그것이 무엇인지, 잘 모르겠
어요

우리 시작해볼까요?, 이제 진행해도 되겠죠?

부탁합니다, 감사합니다, 지금 하셔도 됩니다

녹음 중인가요?

6.
인터뷰

저는 이렇게 했습니다

그 다음에 그렇게 됐지요

그때까지
꽤 자세히

아 그래요
아 아하 그렇군요
아 아 그렇군요 그래요

그 다음엔
이와는 반대로
우리를 위해선
이젠 더욱더

알겠어요
그렇군요

그들이 원하지요
우리가 할 수 있지요
그러고 나서 해야만 했어요
우리는

그 점을 그렇게 말씀하신다면

분명히 그렇지요
제가 받을겁니다
제가 주었어요
제가 가졌습니다
어제까지

하지만 이젠
정말 그럴까요?

여전히 힘들어요
분명하지 않다고는 할 수 없죠
아주 좋아요
하지만 곧

흥미롭게 들리는군요

함께 그것 없이
억지로 우기면서
하지만 대부분
그가 그렇게 말한다면

아마 어제부터일까요?
이미 그때부터
개념들
간신히 그녀는 할 수 있을 겁니다
그녀는 결코 아무것도

아하 그렇군요 그리고
네 그러면 그렇게

저도 해야만 합니다
털어놔 보세요
거절했어요
고마웠어요

정말 진심에서
제가 했습니다

아니에요 하지만
저는 그래도 우리를
우리가 해야만 했습니다
당신이 하시지요

그러면 내일 뵙겠습니다

네 그러지요

7.
꿈

하지만 그렇게는 안 돼. 미안해. 모든 게 다 허튼 짓거리야. 그건 몽땅 쓸데없는 짓이라구. 하지만 할 수 없어, 어느 누구도 그런 식으론 하려고하질 않는다구, 도대체 누가 여기서 해야한다는 거야, 대체 그녀가 어떻게 하겠어? 그러면, 정말 안 돼. 아니 아니야, 정말 아니라구. 예술가가 자기 뒷머리를 친다. 뇌가 부딪친다, 그림 하나가 떠오른다. 바로 뇌의 시신경판에서. 뇌가 반응하면서 빠른 속도로 앞으로 미끄러져 나오고, 앞부분과 함께, 이마 내부의 정면을 향해, 앞쪽으로 부딪친다, 이러한 작은 쇼크에서 의지라는 하나의 행위가 생겨나며, 머리 전체를 관통하면서, 아주 잠깐 뇌를 자극한다. 도대체 그것은 정확하게 뭐였지? 그것은 무슨 그림이었지? 방금 이러한 의지는 무엇을 하려고 했지? 그림은 그전엔, 그 후엔? 예술가는 자기 안에서 찾으려 했지만 아무 것도 발견하지 못하고, 다시 한 번 그전에 생각했던 것을 감지한다, 내가 하고 있는 모든 것이 다 무의미해, 여기서 일어나는 것은 실수라구, 쓸데없는 짓거리야, 망했다구. 끝났어. 그렇게 하면 안돼, 그런 식으론 안 될걸, 의혹은 절망이 되고, 절망은 분노가 되며, 분노 때문에 피로해지며, 기진맥진해지다가, 증오가 생긴다. 그건 끝났어. 양손으로 멍청한 머리를 감싼다. 예술가는 자기가 울부짖을 수 있다고 생각한다, 그는 짜증내면서 한숨을 내쉬고는 침묵한다. 그때 갑자기 무엇인가가 해결되며, 침묵이 흐르면서 어떤 아름다운 것이 예술가의 내면에서 솟아오른다: 잠.

그 사람 안에서 이제
신성한 자들이 나타난다, 그래
바로 이 순간에
그러자 그들이 쳐다본다
그들은 거기서 무엇을 보는가
그들이 사랑하는 그 사람이

괴로워하는 것을 본다

아주 정상이야

그러고는 가볍게 고개를 끄덕이며

말한다

조금만 더

아주 조금만 더

그래 그래

8.
울타리가 없는 넓은 정원

그때 아내인, 인생의 동반자가 공간 안으로 들어오자, 자기 자신과 자신의 작품과 세상에 대해 반목하면서, 그런 식으로 누워있는 애인을 보았다. 그를 향해 가까이 다가갔으며, 그의 등 뒤에 서서 그를 내려다본다. 그녀는 그에게서 기쁨을 느꼈으며, 그는 그녀의 그거였으며, 그녀도 어찌됐든 그의 그거였다. 그녀는 자기의 양팔을 펴서, 자기의 배를 그의 등에 붙이고, 자기의 머리를 그의 머리 위에 올려 놓는다. 이렇게 함으로써 그녀와 즐길 섹스를 그가 꿈꾸도록 한다. 그녀는 하지만 이것을 잘 알지 못하며, 자기 안에서 느끼는 그대로, 단순히 이것을 그에게 그저 줄 뿐이다. 이것은 산만한 형태이면서 오래되었으며, 아마도 그 언제부터인가 전해 내려오는 것인데, 언젠가 아주 먼 시절부터 그리고 광활한 우주공간으로 부터 전해오고 있다. 우주 공간은 그곳에 완전히 고정되어 있기보다는 조금씩 흔들거리며, 하나하나가 끔찍할 정도로 정밀하기보다는 오히려 사라져버린 상태처럼 나타난다. 그때 그가 놀라서 일어난다. 그는 잠에서 깨어난다. 그가 고개를 돌리자, 그녀는 미소를 짓고 그가 웃는다. 서로서로 즐거워하는 얼굴들. 그는 그녀에겐 그녀의 섹스가 된 인간이며, 그녀는 그에겐 어찌됐든 그의 경작지가 된 여자라 할까, 글쎄 뭐랄까, 사랑을 통해서 바로 이렇게 의미를 주면서 체험할 수 있게 하고, 깨닫도록 하는 여자인 것이다. 이러한 사실이 지금 그대로 존재하고 있다는 점을 그들은 잠깐 동안이라도 축하하고 싶어한다. 그녀를 위해서, 또 그를 위해서도. 그들은 서로에게 몸을 내주며, 입맞춤하며, 그것을 하며, 서로 사랑한다. 그것은 행위로, 수태로, 임신으로, 출산으로 전개된다. 예술가에게 이러한 방식으로 아들이 태어나고, 그를 통해 어머니가된 여자는 아이를 낳는다. 따라서 이미 상당히 오랫동안 지구상에서 자주 일어났던 그 무엇이 바로 여기에서도 일어난 거다. 그들은 지금 함께 있으며, 지금 서로 결합하였으며, 함께 부모가 되었다. 그들은 아기가 어떻게 소리지르는지, 아기의 얼굴을 들여다본다, 새로운 생명이, 소리 지른다. 무엇을 달라고 하는걸까?

9.
식탁에서

그러고 나자 식탁에서 이야기한다
다른 사람과 동료에 관해서
선배와 친구들
경쟁자들과 동업자들에 관해서
잠깐 읽은 것, 보았던 것 그리고 생각해낸 것에 관해서
아들이 여기에 있다
그 애가 웃는다
아들은 질문이 많다
이런 질문들이 예술가에겐 새롭다
그는 자기 아이의 질문으로 즐겁다
그는 아이를 자본이라 여긴다

이때 그가 작은 실수를 한다

그는 그 밖에도 아주 많은 실수를 한다

그가 지금 막 식탁을 내리친다

아들이 깜짝 놀란다

아이들이 귀찮게 구는 것을

예술가는 달가워하지 않으며, 조용한 아이를 좋아한다

영리하고, 예절 바르며, 조심성 있고, 얌전한 아이를

그는 아들이, 다섯 살 때 자기처럼 그렇게

이미 어른이 되었고, 완전해졌으며, 모든 것을 끝내버

렸다는 것을 알게 된다

바로 오늘 현재 그의 모습과 똑같은 인간임을

오래전부터 아들은 더 이상 보채지 않는다

그 아이는 아주 신중하게 쳐다보며 새로운 이름들을

물어본다

그러고 나면 그 모든 것을 자세히 토론한다

극적이지않게, 아주 편안하게, 자세히

10.

모순

잠깐. 그는 앉는다. 그가 걸어간다. 일이 진행된다. 그가 일어선다.

그녀가 다가오며, 기대하며, 바라본다. 그녀가 바라본다.

일이 진행되고, 그녀가 글을 쓰며, 그들이 존재한다고 그가 말한다.

초상화. 여자의 음부. 그녀가 웃는다. 한창 핀 꽃.

그가 말한다. 그녀가 다가온다. 어째서? 하지만 그들에 대해선 나도 그래.

그녀가 앉아서 웃는다. 그가 일어서자, 그녀가 걸어간다.

11.
집중

헝겊으로 된 모순. 녹슬지 않는 강철로 이루어진 의혹. 나무로 만든 사랑. 도자기 속에 담긴 불안. 사진 같은 생각. 채색화 같은 이데아. 조각칼로 새겨진 우연성. 얼음으로 만든 자비. 석고로 만든 돈. 메타포 같은 신뢰. 꽃송이와 활짝 핀 꽃, 워낙 왜소한 멍청이들. 근본개념 같은 감각. 사회학. 양탄자 같은 계획. 모자이크 같은 의도. 대리석으로 된 혁명. 아름다움은 추상적으로. 그림자는 흑백으로. 한 가지 색의 반사. 명암의 우연성. 곤경에 처한 형상들. 방향이 뒤바뀐 벽들. 우주 공간 같은 흰색. 낡아빠진 소망들. 모니터 화면의 작은 점으로 이루어진 분위기. 진짜처럼 연기했어.

12.
그리고 예전에 그리고 훨씬 예전에 그리고

점 하나, 획 하나, 나는 당신이 말하는 모습을 본다
널찍한 공간, 당신 당신, 공기와 함께
어느새 이 여자는, 당신의, 아
아하 그래, 알겠어, 착하고 아름다워
그녀가 웃는다
슬픈 눈이 부드럽게 잡아당기는
또 다른, 둥근, 너의 푸른 눈
저기엔 벌써 많은 사람들이 있다
어디에나 다 움직임이 있다

우리는 지금 직접 주위를 둘러본다, 격렬하게
우리는 숨을 들이쉬고 말한다
우리는 무엇인가를 먹고 몸을 다른 쪽으로 돌린다
우리는 물건을 만지고 잠깐 누군가를 한 번 부른다
사람들은 우리가 무엇을, 어떻게 했는지를 이해하지
못한다
우리는 반복해서 시도해본다
우리는 지금 소리 지른다
지금 누군가가 이곳으로 온다
그들이 상냥하게 쳐다보고 웃는다
우리가 무언가를 그들에게 말하자
그들은 그냥 웃기만 하고 고개를 끄덕인다
우리는 갑자기 다시 소리 지른다
불이 꺼진다
이렇게 해선 안된다구

두려워
나는 저항한다
틀림없이 무언가를 할 수 있어
나는 무언가를 준비한다
내일이 기다려진다구

제프 쿤스

143

하나만 더: 놀지 않을 거야
하지만 나는 구경하는 것을 좋아해

우리는 함께 달리지
우리는 합창단에서 노래해
우리는 엄청 많이 얘기하지
우리는 서로 똑같이 좋아해
우리는 또 자주 다투지
너희는 안 그래?

선물을 받기도 하고 주기도 해
시야를 넓히자, 정신이 혼미해졌어
무례하게 행동하기도 하고 또 축복을 받기도 해
기대에 부풀기도 하고 시간을 헛되이 보내기도 해
우리는 함께 생각했어
하지만 정말 끝내줬다구
그들로부터 나와서
우리도 함께 걸어다니지
정답게
그리고 밖에선
공동으로 작업했어

끝까지 견디어냈어

그들은 자신이 원했던 것을 애기하는군

그래 정말 멋져, 물론

하지만 우리도

13.
작업

분위기는 좋아

예술가는

작업실을 돌아다닌다

그는 직원들과 애기한다

그가 그들을 칭찬하며, 작업이 훌륭하게 잘 되었다는

것을 알게 된다

여기저기에 수정할 것을 지적한다

비전, 아이디어, 구상, 화선지

형상, 권력, 장악

저항, 맞은편 벽

관철, 행위, 승인, 행동

되돌리라구, 그래선 안 돼, 그래선 안 된다구,
그렇게 해

맞아요, 맞아
그대로 있어요, 그렇게 하라구
여기, 여기 말이야, 지금 여기에
지금 한 번 더, 그렇게, 맞아요

여기 새로운 이 지점을
조금만 더 밝게 처리할 수도 있을거라고 생각했지요,
저기도
그리고 좀더 크게, 좀더 빛나게, 어쩌면 더 재미있게
될 것 같은데

알겠습니다, 물론이지요
아주 분명하지요, 정말 당연하고 말구요
입장을 설명한다, 얘기한다, 쳐다본다
다른 사람들이 보는 것처럼 바라본다
자기가 생각하는 것을 제스처로 보여준다

목적이 있었겠지 아무튼 뜻하는 게 있다구

항상 예전과 같은
완성도와 능력
작업을 마무리짓고
작품이 생성되어가는 자취만 거기에 남겨두세요

수공업의 장인정신으로
마지막 단계까지 마무리 짓도록
파란 앞치마를 두른 수공업자가
자신이 고용한 견습생에게 말한다
그것 밖에는 더 이상 아무것도 없어

그러자 한 사람이 색을 섞는다
그것은 밝은 장미색과
신선한 노란색이다
꽃이 달린 가지 하나가 문제야
한 사람이 계속해서 제법 많이 얘기한다
또 다른 사람은 작업할 때 오히려 입을
다문 채, 그림을 그리면서
자신에게 완전히 몰입해서 꿈을 준다
어떤 사람은 석고로 동물을 제작한다
동물의 머리에 모자가 얹어졌는데

강철로 만든 코끼리 옆에서 작업하는
녀석처럼 말이다, 그 녀석은 크기를 재고 절단하며
톱으로 자르고, 틈새를 메워 바르면서, 광택을 내고
분리해서 뒤로 접는다
그는 효과가 있는지 점검한다
효과가 그대로 나타납니까?
당초에 계획이 어땠지?
지금은 다른가봐?
대체 어때서? 정확히 어떠냐구? 결과가
확실히 더 좋고, 더 밝아지고, 둥그렇게 되었어?
잠깐, 대체 조금전에 계획한 것이 어땠지?
잠깐만요, 잠깐, 그는
팀장을 부른다, 이봐요 팀장
잠깐 이리로 와봐요, 이 결과를
즉시 한 번 더 의논해야겠어요
아주 급해요, 제발, 바로, 서둘러요

팀장이 이쪽으로 온다
지금 막 그림에 색칠하고 있는
다른 화가 옆에 그가 선다
역시 칼라로 작업한

또 다른 그림이다

당연해, 물론이지, 도대체

아마포와 오일, 유색염료 이외에 또 뭐가 있겠어

이것을 혼합해서 아마포로 된 이 화폭 위에

칠한거야, 앞서 결정했던 계획에

따른거지, 예술가가 결정한거야

그가 순간 몰두한 아이디어에 따른거다

잠시 그가 몰두한 것은

옛날의 세상이다

직관, 경탄, 감각의 시절이고

불안과 비애의 시절이며

위안받아 진정되는 시절이다

말(言)이 마술적으로 작용할 수 있는 시절이며

한 사람이 아주 조용하게 고요라는 말을 하면,

그 사람에게서 고요한 상태가 이루어지는 시절이다

아주 고요한, 아주 고요한, 고요히, 고요히, 그래

맞아요, 바로 그것을 여기 이 그림들은 얘기하고 있는
거죠

이 그림은 정말 편안하게 느껴지네요

편안하게

이 표현이 적절하겠네요

그림들은 부수적으로 포멧도 얘기하고 있죠

크기와 상반성을, 실현 가능성에 대한 재숙고를

통찰이라는 의미에서

오래 전부터 잘 알려진 것에는, 아무런 방해를 받지 않지요

말하자면 제거되고, 떼어 버리는 거죠

가라앉히고, 해탈하면서, 고정됩니다

이렇게 되면서도 어느 정도는 잘 감추어지진 않아요

속임수가 아닙니다, 비밀이에요: 아닙니다

일반적인 관점에서 볼 때

시각이 정말 문제가 되고 있죠

어느 누구라도 알고 있고

어떤 식으로든, 자기 안에 갖고 있는 그것이 문제가 되고 있죠

한 사람 한 사람 각자에게, 각각의 그림에서, 오늘날, 그래요

각자, 자기 안에 나타나고 있는 인간의 꿈들이 문제가 되는 겁니다

그렇게되면, 결정적으로, 평이 좋다고 말할 수도 있지요

그렇게 거품을 물면서 과시하진 말라구

오케이, 원 세상에, 더 이상 말하지 않겠어

그러면 이미 뭔가를 다시 얻게 된 거군

정말?, 진짜?

이러한 새로운 침묵에도 어떤 의도가?

그래서 그 의도는 노고를 더욱 더 잘 표현할 수 있을까?

그림을 바라보는 사람은 그림을 통해서 그 노고를 생각하겠지요

여기에 있는 그림으로는 순전히 그 어떤 것도 만들어낼 수 없는,

그 무엇을 진정 모든 사람은 각자 해야만 합니다

이른바 자신의 삶을 일으켜 세우는 거지요

그 어떤 것도 예술과는 아무런 관련이 없어요

견해를 나타내는 것조차도

그건 어쩌면, 여기에 있는 이들 그림에 담긴 수많은 영역의 이념들 중에서 하나일지도 몰라요

비예술적인 것, 일상, 눈에 띄지 않는 평범한 것, 아주 단순한

물론 도달할 수 없는 모든 것도, 당연해, 아주 분명해요, 상관없어요

방향은 맞아요, 그걸 보면

방향이 정말 맞다는 것을 알 수 있을 겁니다, 그래요

팀장이 이제 동료들에게로 간다, 그가 바라본다
애초에 얘기하고 의논했던 대로
마음에 들고, 결과과 좋으며, 작업이 잘 진행되고 있
다고 그는 판단한다
이젠 바로 다음 단계로 가지요, 오케이, 그 팀장은
기분이 좋다
하루가 잘 간다
일거리가 들어 오고, 진척되고, 무르익는다
그는 고개를 끄덕인다, 그가 지금 무언가를 읽는다
때마침 그를 흥미롭게하는, 무엇을 읽는다
거기엔 수석 동호인에 관한 글이 쓰여 있다
정원석은
바다의 흐름과 강물에 따라서, 또한 자연의
순수하고도 기이한 형상에 따라서
생겨난다
고 거기에 적혀 있다, 예술가는 고개를 끄덕인다, 그
는 숨을 들이마시고 내쉰다
그가 신음하는 듯 끙끙댄다, 여기엔 예술품 천지야
라고 혼자 생각하고는 말한다, 여기서 나가야겠어,

당장
뛰쳐 나갈거야, 당장, 여기서 벗어나기만 하면 돼,
나가자

14.
신선한 공기

그가 창문을 연다
공기가 흘러 들어온다
새들이 미친 듯이 지저귄다
나무들이 바람결에 흔들거린다
벌써 그럴 수도 있겠지
곧 봄이 오면
온 세상엔 새싹이 다시 움틀거야

내가 했어
내가 그에게
내가 그것을 했다구
내가 그를 물속에서 씻겼어
내가 그에게 물을 뿌렸다구

거기에 가서도 그를 살펴보았어
내가 거기에서 그에게 그것을 했다구
내가 여전히 해야 한다고 생각했지
여전히 하고 싶어 아직 하지 못했어

그가 창문을 연다
여름
풀밭
그는 그것을 느낀다
더위
그가 헉헉거린다
그는 달린다

울퉁불퉁한 곳에 가서 살펴봐야겠어
아야 살갗이 부딪쳤어, 아프다
밖으로 나가서 찾아야겠어
웅크리고 앉아서 한참 기다려야지
솔개미를 눌러서 괴롭힐거야
안으로 들어가기 전에 그것을 급히 하고서
다시 거기서 바라보면
엄청 빨갛게 되었을거야

그가 창문을 연다
그는 과일 향기를 맡는다
오후 햇빛에
반짝인다
하루가 저물고
그가 고개를 끄덕인다

그는 한 소년을 바라본다
한 어린이를
예쁜 아이다
그는 자기 안에서 솟아오르는
아름다움을 느낀다
그는 수 많은 것을
갈망한다
자신은 아프지 않다고
생각한다
그가 거기에 앉아서
그렇게 바라보며
아무 일도 일어나지 않는 것이
좋다는 것을 알게 된다

그는 기다리고 그러자 몸을 떤다

조금, 심하지 않게

여전히 그저 그렇게 지내지만, 일이 마음에 든다

그는 할 수도 없고, 하고 싶지도 않다

그는 불평할 수 없다

그가 창문을 연다

눈송이가 격렬하게 휘날린다

아직 이른데

대부님 이세요?

아직 해도 된다고 생각했지

여전히 해야 하지만, 해야만 한다구

하지만 아 그래

그러면 아아 무엇을

그는 깊이 숨을 들이마시고

이제 숨을 내쉰다

다 끝났어

멋지게 끝났어

끝이야 끝났다구

15.
목판화

그가 거기에 앉아서 술 마신다. 그가 밖에서 들어온
다. 그가 얘기한다. 그가 침묵한다. 난 불쌍해. 아프다
구. 배고파. 구역질이 나. 난 냄새를 풍기고, 담배를
피우고, 침을 뱉고 코를 풀지. 나는 소리질러, 나는 큰
소리로 울부짖는다구, 그러고나니까 기분이 더럽게
좋아. 너희 모두가 싫다구. 내가 멋진것 같아. 난 냄새
를 풍기고 술마시고, 너에게 침을 내뱉어. 난 이미 범
죄자야, 할머니야, 대학생이라구. 나는 도시에 살고있
어. 나는 군대에 갈거야. 나는 집에 있다가 나갈거야.
아직도 계속 돌아다니고 있어. 여기 잠깐 들렀어. 내
자리를 찾아야지. 조금 더 잠을 자야겠어. 금새 일어
났어. 술 한 잔 더 할거야. 바로 뒤따라 갈게. 난 경찰
이었어. 지금은 교회에 다니지. 나중에 이쪽으로 올거
야. 어쨌든 난 충분하다구. 하느님에게 기도할거야.
도움이 되면 도움이 되겠지. 나는 잠잘 때 코를 골아.
하지만 난 상관없어. 나는 밖에서 잠을 자. 나는 훨훨
날아다녀. 나는 생각을 하지. 나는 말할 때 떠들어대.
그러면 마실 수 있는 만큼 마셔. 가끔씩 토할 수밖에

없어. 나는 입을 씻어. 나는 수염을 다듬어. 그러면 노래 부르고 몸을 구부려. 나는 무릎을 꿇어. 나는 소리를 내질러. 난 살아있어. 난 묘지로 가. 난 벤치에 앉지. 나는 음악을 들어. 나는 바이올린을 켜지. 나는 성호를 긋지. 나는 종소리나는 것을 들어. 나는 종을 싫어해. 벌써 나는 두려워져. 나는 이제 들어갈거야. 나는 잠시 후에 이곳에 올 거야. 나는 여기서 재빨리 올라갈거야. 나는 거기서 그쪽으로 쳐다볼 거야. 나는 단어를 띄어서 읽어. 의미를 이해해야지. 나는 그녀의 생각에 전적으로 동감해. 나는 너희들 때문에 기뻐. 나는 별로 피곤하지 않아. 나는 하품하고 트림을 해. 나는 무릎을 긁어. 엉덩이가 가려워. 손가락이 곪았어. 입술이 부르텄어. 나는 그를 잠깐 쳐다봐. 나는 그에게서 시선을 돌려. 나는 부드러운 무언가에 얘기해. 나는 즐거움을 얘기하지. 나는 사랑을 얘기해. 옛날의 전설을 얘기해봐. 아주 오래 전, 어린 시절을. 내가 우리 엄마야. 술집 주인이 지나가는군. 나는 가게 문을 닫아. 나는 맥주 한 잔을 더 하지. 나는 술 마시고 담배를 피워. 나는 잠깐 화장실에 가. 나는 냄새를 풍기고 손짓을 해. 페니스가 내 몸에 달려 있어. 나는 한 방울씩 뚝뚝 떨어뜨리지. 노크 소리가 들려. 문이 열리지. 나는 창문 밖을 내다봐. 나는 강가에 앉아 있어. 나는 물속에서 움직이고 있어. 나는 숨을 쉴 수 없어. 한 모금을 꿀꺽 삼켰어 . 누구라도 익사할 수 있겠어. 나는 목 매달아 죽어. 나는 잔디에 누어있어. 나는 자살 약을 먹지. 나는 지붕에서 투신해. 나는 몸에 불을 붙여. 나는 내 몸을 해부하지. 나는 기분이 나빠. 나는 너에게 소리질러. 나는 울부짖고 미쳐 날뛴다구. 나는 자주 속삭이지. 나는 저기에 있는 한 사람을 알고있어. 나는 언젠가 한 번 들었어. 이젠 잊어버렸어. 지금 갑자기 생각이 떠올라. 조금 전에 하고 싶었다구. 내 생각에, 포도송이였어. 포도주와 맥주. 보트 모양의 칵테일 치즈와 햄이였어. 별장과 우리. 우리가 했다고 생각해. 우리는 품위 있게 하고 싶었어. 나는 술을 마시고 쓰러져. 나는 뒤로 나자빠진다구. 나는 노래하는 것처럼 주저 앉았다. 나는 잠시 마구 소리 질러대지. 나는 바닥에 등을 대고 누웠어. 나는 바닥에 배를 깔고 누웠어. 나는 술 취하진 않았다구. 나는 살짝 취했을 뿐이야. 나는 바스락 소리를 내고는 소리에 귀기울이고 물건들을 바꾸어 놓지. 나는 귀 두 개, 눈 두 개, 입 하나가 있어. 나는 다리로 걸어다니지. 손이 여기에 있군. 나는 병을 들고 있어. 나도 여전히 무엇을 할 수 있다구. 나는 벌써 털이 났어. 나는 그쪽으로 손을 뻗어. 나는 위를 쳐다봐. 비가 온다. 빗방울이 떨어지는군. 내 생각엔, 끝났어. 여긴 끝났다구. 나는 떠날 채비를 하지. 우리는 가야한다는 걸, 나는 느꼈어. 내 생각엔, 끝났어. 내가 말하지, 잘 있어. 나는 소리질러, 언제 또 만나. 나는 웃어, 웃음소리. 나는 쓰레기 더미 속에 누워 있어. 나는 잠을 자고 숨을 쉬지. 나는 아무것도 알아채지 못한다구. 바람 소리가 엄청나게 크게 들린다. 천둥 소리가 난다. 번개가 내리친다. 그가 거기에 누워서 잠을 잔다. 그가 저기 밖에 누워 있다. 그는 기분이 아주 좋아 보인다.

16.
조각품

괜찮아
괜찮아
괜찮아
괜찮아

잠깐
걸려 있어
바로 걸렸어

오케이
기다릴게
잠깐
어때?

잠깐만
잠깐
아직 걸려 있어

그리고 지금은?
어때?
어떻지?

걸려 있어
여전히 걸려 있어
지금
지금 괜찮아

제프 쿤스

괜찮아?

괜찮아
괜찮아
괜찮아
괜찮아

이러면 어때?

고마워 고마워
좋아
괜찮아

그거 정말
다행이야

그래 맞아
괜찮아 괜찮아
괜찮아
괜찮아

이렇게 하면 된다고
생각하세요?

그런 거 같았어
그런 것 같애
하지만 이렇게 하면 된다고
생각해

이렇게 해
이렇게 할 수도 있지요
우리 이렇게 합시다
이렇게 하면 아주 괜찮아

아주 좋아
환상적이야
정말 멋져
내 마음에 아주 쏙 들어

나도
이런, 어머나, 훌륭해

고마워, 좋아, 내 생각엔
충분해, 이렇게 하면 돼

괜찮아
괜찮아
괜찮아
괜찮아

괜찮아
그러면 괜찮아
그러면 괜찮아 그러면
괜찮아

엄청 감격했어
이대로 있어야 돼, 그만하자
끝났어, 그래
이 정도면 돼, 됐어

그러니까 여기 이것도 조각품일 수 있어
이렇게 그 무엇을 표현한거야
 조각품이 그것을 보여주는군

한순간 찰나에

그가 방금 자기를 보는 것 같은, 바로 그 순간에

저기에 무언가가 정말 걸려 있어, 손 옆에

종이 한 장 이군, 명확하게

잘 알려진 표시가 적혀있어, 단어로 감각을

감각으로 현상을 만드는 표시야

반짝이고 있어, 이런 사물들은

결코 달리 표현할 수는 없어

전적으로 분명하게 하자면 감각, 텍스트라고 할 수 있
지

다른 표현으로 하자면, 텍스트 작품 하나가 저기에 걸
려있는 거야

하기야, 그렇군, 게다가 그건 스케치한 거야, 그래

저기에 정말 스케치한 작품이 걸려있어

그 옆에 손 하나

바람결에 손짓하고 있어

17.
스케치

예술
어느 주말의 예술
술집
그리고 아틀리에
미술 갤러리와 등 굽은 사람들
괴어리츠 기차 역에서 온 등 굽은 사람들이
행진한다
상당히 간결하게 압축한
7막의
극작품

당신이 말했지
사랑이 문제야
당신이 말했지
예술이 문제야
말이 문제야
그림과 멜로디가
다툼이 문제야
조화로움도
무언가를 말하고
싶고, 정상적으로

행동하는

사람들이 문제야

창조와 몸짓이 문제야

사물이, 일이

아이디어도

일상이 문제야

진리와 진부함이

사건 진행은 그렇게 큰 문제는 아니야

여기선 많은 것이 결정되진 않아

그렇게 큰 소리를 질러대진 않아

근심이 문제야

멜랑코리도

수많은 노래처럼

리듬이 문제야

멀리서 들려오는

소리를 들을 수 있느냐가 문제야

아주 일반적으로 말해서 일반적인 말들이 문제야

말하자면 요즘 시대의 문장들이 문제야

실수가 문제야

완벽함이

너무 매끄러워

그렇게 거칠진 않아
그렇게 제멋대로이진 않아 또
너무 적어 너무 많아

또한이 존재하는
한 순간이 문제야
인간의 삶에서 잠시
하여튼 때때로
이런 것이 존재하지
괜찮아
아무리 멍청한 소리 같아도
조화가 문제야
전혀 그렇진 않아
그만, 스톱, 거짓말, 틀렸어
그 반대야
조화가 없다는 게 문제야

"To anyone who ever invited us anywhere"

(언젠가 우리를 어느 곳에 초대했던 그 누구에게)

앤디 워홀주17

과

팻 헤키트주18

1.

밖에서

어때?
끝내줘
안으로 한번 들어가볼래?
당연하지

2.

전주곡

커튼이 내려간다
커튼이 내려갔다
커튼이 올라간다
그리고 휴식시간이다
그러자 휴식시간이 끝났다

조명이 꺼진다
속삭이는 소리가 사라진다
음악 소리가 작아진다
잠시 정적
이제 커튼이 다시 올라가고
조명이 밝아진다
아아 감탄하는 한 마디
오오오
어머
첫 장면이 새로워
개막식이야, 맞아

지금 시작한다

3.
앞서서

옛날 옛날에
아주 먼 옛날에
옛날 옛날에

아주 아주 옛날에

아주 먼 옛날에

아주 오랜 옛날에

임금이 말했던

만큼의 행복을

누릴 수 있는 예술가가 살았다

짐으로부터 이

예술가가

창조된 거로다

그자를 보고 싶도다

그자를 고용하겠노라

그자가 무슨 생각을 하고 있는지

또 무엇을 하고 있는지

묻고 싶도다

그자가

세상을

이러저러한 일들을

어떻게 생각하는지를

여봐라

빨리 하거라

그리고는 조금 후 갑자기

짐이 청하건데
누구 아느냐
짐이 얼마나 더
오래 살 수 있는지를
짐이 그자와 얘기하고 싶도다
그 예술가를
그자를 보고 싶도다

그러자 임금이 명령한 대로
당연히 일이 진행되었다

예술가가
불려 나왔다
그는 임금 앞에 서서
하례를 했고, 고개를 숙였지
그리고는 말했어
전하
여기에
원하시는 대로 제가 대령했습니다
저에겐 영광입니다
저는 전하의 종이옵니다.

하시고 싶으신 대로 하시옵소서

이제 사람들은
이미 온갖 것을 다 생각해내고
이 세상에서 수 많은 것을 보았던
한 인간처럼, 그런 임금을 상상해야 한다
다소 좋지않았던
통치를 하면서
그는 더욱 증가시키기도 하고, 이에 대한 책임을 지면서
또한 감소시키기도 했던
괴로움만이 있던 건 아니다
그래도 그 뿐만 아니라
자기 자신을 보면 알 수 있는 —
이러한 무거운 짐에 대해
그는 특별히 몰두하였다

4.
전시 오프닝

잠깐만, 잠깐. 다른데. 저기 저쪽에 뭐가 더 있어, 저

기에 대체 뭐가 있었더라? 아 그렇지, 그래, 맞아, 개막식. 분명해, 그러면 좋아. 우선 문에서, 다음엔 그 안에서, 그런 후 다시 문에서. 사람들이 들어오고, 사람들이 다시 나간다. 그런데 도대체 누가 오는 거야? 그안에 누가 있어? 당신을 뵙게되니 좋아요. 그래요, 우리가 여기에 같이 있으니까 기뻐요. 당신이 여기에 있으니 정말 좋군요, 무얼 마실래요? 고마워요, 조금 더 기다릴게요, 안으로 한번 들어가볼게요. 그렇게 하세요, 재미있게 보세요. 그럼요,정말 고마워요, 감사합니다.

잘 지내셨어요
네 그럼요
당신도?

그럼요, 네

맙소사
어머
멋져

어떠시죠
기뻐요

네 네, 글쎄요
괜찮아요, 그런데 당신은?

안녕하세요
안녕하십니까

아주 좋아요
저도요

그러면 우리는
그들이 그것을
하필이면
어디에서도 그렇지 않아요

왜 안 그래?
바로 그거야 그거

맞아, 맞아요

맞아 맞아 맞아

대화. 비평가는 자기가 인종차별을 금지할 것을 요구
했다고 얘기한다. 뭐 할 것을? 금지를? 인종차별은 오
래전에 금지됐잖아요. 네, 이미, 하지만, 아니지요. 그
러자 다른 남자가 말한다: 금지한다, 아주 멋진 말입
니다. 그 말 정말 듣기 좋군요, 그건 가능성과 변화라
는 말처럼 들려요, 간섭한다는 말 처럼요, 아무런 계
획 없이 헤메는 것을, 쓸데없이 지껄이는 것을, 얘기
하다가 다투는 것을 결국 끝낸다는 말처럼 들리는군
요. 금지한다는 말은 '끝장이다, 충분하다' 라는 말처
럼 들려요. 좌파 쪽에서 말했다면, 혁명적으로 들립니
다. 따라서 문제는, 현실적으로 무엇을 성취해 낼 수
있는지, 아니면 금지할 것을 요구하는 사람들을 위해
서 다만 안정만을 가져다줄 뿐인지에 있습니다. 처벌
한다고 위협하면서 신조들을 내세우고, 심지어 범행
의 특징들을 넌지시 말하면서, 증오의 법률을 제정하
지요, 증오의 법률에 반대하는 형식을 취하면서, 결국
증오를 조장하게 됩니다. 따라서 세상은 개선될 수 없
는거죠, 세상은 이런 식으로 직접 조종하기가 힘든 겁
니다. 악은 쫓아낼 수 없어요, 말을 통해서 악을 받아

들이고, 논의해야 하며,여기저기서 자꾸 지껄이게 해야 합니다. 그런 식으로 천천히, 최저로 천천히 진행되면서, 변화하고 핵심이 빠지게 되면서 엄청 약화되다가, 마비되는 겁니다. 엄밀하게 말하자면, 결코 어떠한 유해한 행위가 아닌, 모든 유해한 문장은 선한 행위라 하겠습니다, 왜냐하면 유해한 문장은 악을 통합하고, 그런 식으로 약화시키기 때문이죠. 자기는 이런 식으로 악을 생각한다고 그가 말한다, 하지만 이렇게 악은 떠돌아다니지요, 다른 방향이 아니에요, 어쨌든 다른 방향이 아니라, 이런 방향에서 더욱 잘 순환하는 거지요. 그밖에 등등.

뭐라고요? 아 그래요, 네, 바로 그겁니다. 비평가들, 그들은 여기서 서로 환담을 즐기는가 하면, 저쪽 한구석에서도
대화를 나눈다. 그들은 최근 신문에 난,
이 기사에 관해 논쟁한다.
작가가 그 비평에 대해 응수 한다
극단적으로 쓰여진 글은 대화가이끌어지면서
일화가 되고, 모호한 사건이 되는데, 말하자면 부드러워진다.

이런 식으로 생성한 새로운 진리들은,
말의 혼란스런 영역을 거치면서 결론에 개입하고
부수적으로 부담을 떠맡게 되며, 또 다시 가능성에 대
한 한 부분은 더욱 더 많이 말로 표현되어 실현된다.
글로 많이 쓰여질수록, 대화를 더 많이 나눌수록, 그
만큼 더 많이 —

오히려 그가 강조했던 것은
협상을 통해 해결점에
도달하기 위해서는
그전에 모든 것을 시도해야 한다는 거였다

선거 전날 밤
도시 외곽에서
자동차 한 대가 폭발하였다
네 명이 중경상이다

숫자 4가 이겼어
나는 그것을 확신한다
엄명이 내려졌음직도 한데

여기처럼
내겐 아무래도 상관없어

and I would say things like
this is Jane
and her father likes black men
and her mother had a facelift
and she's just the girl for you
because she'll boss you around
and you like that

wrong

okay, can I
try another one
sure

this is Tom
he's a chubby chaser

better

and if I can't remember two people's names

so I can't introduce them

I just have a big sigh and say

oh, I'm so tired of introducing people

I've been doing it all night

why don't you introduce yourself

(좋아하는 것을 얘기하려고 해

이 사람은 제인이야

그녀의 아버지는 흑인들을 좋아하지

그녀의 어머니는 주름 제거 수술을 하였지

그녀는 너에겐 잘 어울리는 소녀야

그녀가 주위에서 너를 격려하기 때문이지

그리고 너는 그런 것을 좋아하잖아

틀려

좋아, 다른 걸

해볼 수 있지

물론

이 사람은 톰이야
그는 땅딸막한 몸집의 금 세공사야

훨씬 낫군

두 사람의 이름을 기억할 수 없다면
그들을 소개할 수 없을 거야
난 방금 한 숨을 크게 내쉬고는 말한다
아, 사람을 소개한다는 것이 지겨워
난 밤새도록 그걸 하고 있었지
왜 너는 자신을 소개하지 않는 거야)

조금 전에 이미
서로 소개받은 것 같은데요
당신은

그렇군요 저는, 우리는
그거 있잖아요
정말 끝내주는군요

최고야

당연해, 당신은

어머나

하지만 지금부터 진짜 해야겠어

맞아, 물론이지

아주 정확해

더욱 더 많은 대화들. 예술가의 지위에

관한 대화.

화가의 공간에 관련된 책과,

바니걸을 사진 촬영할 수 없다는 것과,

자화상의 반신상 받침대 안에 있는 크리스털과,

소원을 들어주는 기도와 들어주지 않는 기도에 관해

서.

한 인생을 얘기한 영화와 말하기의 구조에 관해서,

갤러리 주인의 아들과 그의 재킷과,

새로 지운 박물관과 옛날 그림에 관해서,

파티, 접대, 에티켓에 관한 대화,

여기와 여기가 아닌 곳에서,

저기와 또 다른 곳에서 꾸며낸 담론에서,

그 사람들 집과 또 다른 사람들 집에서, 우리 집에서,

그리고 사회의

이성들에 관련해 언급한 책에 관한 대화에서

경쾌함이 부족하다는 것과 현존에 관해서.

미술관 직원들과

화랑 주인들,

구매자들과 젊은 예술가들 간의 대화,

미술관 큐레이터들, 예술 애호가들과 순수 수집가들

사이에,

돈 있는 사람들과 전혀 돈이 없는 사람들 사이에,

최고로 예쁜 사람들과 별로 아름답지 않은 사람들,

중요한 사람들과 맹목적인 열성 음악팬들 사이에,

또한 순전히 동일한 부류의 사람들 사이에도,

노년층과 노년층, 중년층과 중년층 사이에,

역시 그것이 존재한다. 이런 모든 것이 여기, 이 공간

에,

이 순간에 존재하는데, 모든 사람이 여기에 왔기 때문

이다.

따라서 말들이 들어 온거다,

시선들과 부러움이,

감탄이, 심지어 끔찍한 감정들조차도,

아주 일반적으로 말해서, 혐오스러운 느낌을 받는 순
간, 도주의 순간,
한마디로 혼자 있고 싶은, 그리움의 순간도,
그 다음엔 이것도 다시 없어진다,
상대방이 웃으면,
상대방의 맞은편에서 다시 웃음이 만들어지고,
바로 옆 사람이 그 웃음을 받아들이면
계속 전해져서
그 밖에 등등

불좀
빌릴까요?
백포도주 한 잔 드실래요?
물 한 잔?
혹시 오렌지 주스 있나요?

해도 되겠어요?
고마워요

천만에요, 좋지요
당연하지요

아니요, 벌써 받았어요
당신은 그렇지 않나요?

우리
약한 걸로 한 대만 밖에서

미안하지만
지금 여기엔 다른것만 있어

아가씨 하나가 돌아다니면서 샌드위치를 접대한다,
사람들이 접시를 쳐다본다,
그들은 젊은 여자의 얼굴을 들여다본다,
분위기가 고조되며, 사람들은 마시고 얘기한다,
예술가가 도대체 지금 어디에 있는지,
그 의문점에 대해 얘기하고 있다.
추상적으로 말하자면: 현재 이 시점에서 예술가는 어
디에 있는가?
분명히 어딘가 있겠지, 아니면, 당연해.
저기, 바로 저 가운데, 아마 가장자리에,
어쩌면 한가운데 있을 수도, 아무래도 상관없어.

재미있는 건, 그의 입장이 아주 자유롭다는 거다.

예술가가 처해있는

입장에 대해 예술은 아직 한 번도 규정짓지 않는다.

그는 영화관에, 있을 수 있을게고, 팝 예술에 있을 수
도 있다,

그는 사회학적으로, 또 문학적으로도, 자신의 현 위치
를 규명할 수 있으며,

아니면 새로운 것의 전통 속에서, 그는

사방 팔방으로 예술의 영역을 내버릴 수도 있으며,

완전히 독자적인 자신의 결정에 따라

그는 예술의 영역인 그곳으로 되돌아간다.

따라서 이렇게 자유롭게

마지막 짐 하나 만을 여전히 짊어지고 있는데,

개개인의 입장을 전체에 대립시키면서,

이것이 그러한 새로운 입장의 멋이라 하겠다.

바로 이 지점에서 시선을 이제 그림들을 향하는 것이
며,

여기에 있는 그림들에서 우리 자신을 향해 되돌아 가
는거다.

5.
그림들

대형 그림들 앞에
빨간 모포를 두른 남자
위대한 등장
빛, 광채, 멋진 말이야
두꺼운 모피모자를 들고있는 남자
여자를 데리고 온 남자, 개를 데리고 온 여자
강아지와 생쥐를 데리고 온 개
작은 생쥐를 데리고 온, 또 생쥐를 버린 생쥐

그것과 함께 있는 여자, 구멍과 함께 있는 남자
엄청난 성적 매력을 지닌 유리 조각품

그 다음 여기, 대리석으로 만들어진 이것들, 엄청나게
크다
아하 맞아, 그래 그래, 이거 정말 특이해
폭력적이야, 이거 정말 끝내주는군

꽃과 작은 새들

꿀벌과 작은 동물들
원, 이런 하느님 맙소사
귀여워, 이럴 수가 세상에, 그런데 나무에 새겼어
그리고 나서 여러 가지 색으로 칠한거야

진짜같이 보이는 커다란
핑크색 생크림 케이크 한 조각, 조그만 아기
그리고 보다 더 많이 느낄 수 있는 미각과 귀여움
곰을 들고 아이들 세상 속으로 들어간 경찰관 한 사람

좋아, 좋아요
그가 잠깐 입을 한 번 다문다
이거 정말 편안해

무슨 일이야?
도대체 무슨 일이 벌어졌어요?

저기 저 사람이
연설을
조용히 하세요
잠깐 제발 잠깐만

감사합니다 감사합니다

6.
연설

신사 숙녀 여러분, 우리 갤러리에 오신 예술애호가 여러분, 여러분들이 여기서 보고 계시는 이러한 예술의 정치성이란, 예술이란건, 그 예술의 불안과 가련함이 완벽함의 병적 망상증 형태로 나타나며, 오물과 더러움을 표현하는 예술의 형상은 순수함과 무균의 상태이며, 예술은 공포 때문에 거의 경련을 일으킬 정도로 보이며, 빛을 비추지 않은 채, 자기의 고집 속에서, 예술을 창조하는 자의 극도로 개인적인 우주 속에서, 그 안에 갇힌 예술의 폐쇄된 상태는 그럴수록 더욱 더 큰 소리로 소통을 지속적으로 격렬하게 요구하고, 또 요구할 것을 생각하며, 요구하는 것을 생각해야만 하고, 요구해야 한다는 것을 생각하지요, 정확하게 말한다면, 맞아요, 예술은 자기의 자폐증적인 강박관념의 감옥에 갇힌 채 더욱더 아무런 출구없이 자기 자신을 바라보게 되지요, 예술이란, 사랑받기를, 이처럼 엄청나게 애원하고 있으며, 따라서 예술은 증오와 혐오감, 저항, 배척 그리고 항의를 동시에 선동하고, 불러일으켜서, 창조하는 것이며, 또한 예술에 대해서 정말 그야말로 단순히 논리적으로, 간단하게, 명백하게 그리하여 그냥 획득하고 싶은 모든 것은, 바로 다름 아닌 부조리, 그로테스크, 우스꽝스러움, 헛소리 뿐이라는 것이지요, 따라서 예술의 정치성이란 모순투성이에 대한 이러한 한 무더기의 선동 속에 있으며, 그럴수록 더욱 더 예술 자체는 단지 고요함과 우아함을, 숙고와 전시를, 진정시키고 달래며 위로 받기만을 갈망하는 그 이상의 것이지요: 이러한 예술의 정치성이란, 여러분, 바로 다름 아닌 불안이라 하겠습니다. 여기서 말하는 것은, 어린이의 공포라는 겁니다. 이러한 불안으로 몰아넣은 궁지 속에서 모든 것은 크게, 아주 크게, 위협적으로, 혐오스러울 정도로, 상이 일그러진 채 왜곡되어 있습니다. 눈을 크게 뜨고서, 급작스런 공포에 쫓기며, 이러한 불안은 나쁘지 않은 것, 망가지지 않은 것, 파괴되지 않은 것의 동인을 찾아다닙니다, 저기, 보세요. 안도의 한 숨을 내쉬는 것, 지금 현재. 바로 이것이 여기에 있는 이들 그림 하나 하나의 원동력인 겁니다. 여기서 해결책들의 근간이 되는, 투쟁적인 열정과 비교해서, 다른 예술가들이 주장하는 것은 그들의 병적인 이념에 영향을 주며, 마이크 켈리(Mike Kelly)의 귀엽지 않은 것은 아니지만, 과연 매혹적인 사춘기 예술이나, 또는 크로넨버그(Cronenberg)의 이미 지속적으로 보다 더 많이, 더욱 격렬한 자극을 애타게 요구하는, 원숙한 성인용 공포물을 단지 그 예로 들 수 있겠는데, 단도직입적으로 말해서 고루하고 둔감하여 무기력한 인상을 줍니다. 여기에 있는 그 어떤 조각품들도, 또 그림들 중 그 어떤 것도 단순히 거부에 대한 찬성이나, 또는 오히려, 그 반대로, 긍정에 대한 찬성을 말하진 않습니다. 실제로 이러한 예술은 다음과 같은 점에서도 정치적이라 하겠는데, 즉 예술은 항의하며 찬성하는 정황을, 보다 나은 삶에 대한 올바른 생각과 다름없는 것에도, 또 넉넉하게 얻는 보상과 사회적으로 인정받는 것을 고려하여 그러한 멋진 정치적인 이념과 다름없는 그런 것을 위한 투쟁에 종속시키지 않으며, 오히려 진정으로 체험한 삶의 현실을 모방하지요, 이것은 항상 두 가지로 나타나는데, 동의하는 것과 그리고 부정과 항의와 요구를 큰 소리로 외치는 것이며, 그럼으로써 모든 것은 다르게 되겠지요,

바로 즉시, 또한 아주 자세히 특정한 것을 중단하고, 개선할 것이며, 결국 실제로 지금 현재보다 더 나은 상태로 되어야 하지요, 하지만 마침내 찬성을 여전히 포함시키지 않으면 안 되는 것이며, 적어도 완전히 사라지지 않도록 하는 것이지요, 숨을 쉴 때마다 실제로 적극적으로 명확하게 표현하고 있는 이러한 찬성이란, 삶 자체이며, 갈증이고, 물을 마시려고 유리잔을 잡는 것에 다름 아닙니다. 이러한 의미에서, 예술애호가 여러분, 저는 이곳에 오신 모든 분을 환영하는 바이며, 멋진 저녁시간을 보내시길 바랍니다, 마지막으로 여기서 우리가 보고 있는 예술을 위해서, 또 예술에 의해서 체험된 모순들의 다양성을 위해서, 또 이러한 방식으로 아주 분명하게 예술에 의해 이렇게 감추어진 것을 위해서, 여러분들과 함께 건배하게 된 것을 저는 기쁘게 생각합니다. 신사 숙녀 여러분, 여러분들의 건강을 위해서, 건배.

7.
더 많은 대화

당신이 생각하기엔, 그가 생각하기엔
다시 말하자면, 그가 방금 생각한 거로는

그럼 분명해, 당연하지
그렇지 않으면 도대체 뭐겠어
하여튼
그리고 말하자면
잘 모르겠어
그러면 어떻게 해야 되지
너희들 뻔해
다른 한편으론
어쨌든

하지만 그들이 오히려
방해되는 것만은 아니야

여기 몇 사람 더 안으로
들어오고 싶은가 봐
이럴 수가?
여기 이렇게 비좁은데

몇 몇이 나가려고 해
또 몇 사람은 들어오려구 하구, 당연하지

샌드위치 하나 더 드실래요?
여기 한 조각 더 ?
정성스런 마음이 담긴
한 순간의 한 시선을?
다정한 표정을?

예라는 말 한마디
고마워요라는 말 한마디
감사합니다.
됐어요 벌써 먹었는데요라는 말 한마디
조금 더라는 말 한마디
또 하나 더라는 말 한마디
그리고 또 하나, 나라는 말 한마디
저두요
아주 상냥하시네요
기분이 좋아요
대단히 감사합니다
천만에요라는 말 한마디

정성스럽게 대접해주셨어요

다시 한 번 한 번 더라는 말 한마디

재연

반복

그러면 처음부터 모든 것을 다시 해주세요

대단히 감사합니다

8.
소동

문 앞에서 벌어진 소동. 아우성, 밀쳐 들어오는 무리, 몸싸움. 도대체 거기 무슨 일이야? 팔이 비틀리고, 얼굴들이 일그러지며, 폭력이 난무하는 현장. 그들은 계속해서 서로 때린다. 저기 바닥에 누군가가 누워 있다, 얼굴이 피투성이다, 피가 얼굴에서 새어 나와 그 앞에 빨갛게 반짝이고 있는 웅덩이 속으로 고요히 흘러간다. 여전히 그들은 짓밟고 있다, 구둣발로. 그 사람은 이미 정신을 잃은 상태다. 그들이 그 사람을 때려 죽인다. 야, 어이, 그만해.

계속 패라구, 아가리 닥쳐
너 개새끼, 야 돼지새끼야

실례합니다
죄송합니다
여기에 들어오시면 안 됩니다

그거 정말 끝내주는걸
널 늘씬하게 패 주겠어
야 멍청아, 병신새끼, 이 매스꺼운 놈

그 사람이 우리에게
뭘 말하려는거야?
도대체 네가
여기서 무슨 얘기를 하려는거야?
네가 나에게 뭘
말할 권리가 있다는 거야, 뭘?
말해봐, 다시 한 번
어서, 네 말이 들리지 않아

한마디로 말해, 그들이 갤러리에 침입하며,

곳곳에 모두 흩어져서 다른 손님들과
뒤섞인다. 벌써 경찰이 나타난다.
예술가는 경찰의 몽둥이에 사인을 해주고,
경찰들도 샴페인 한 모금을 마신다.
깡패들이 그림들을 둘러본다.
바로 이것이 무엇이었는지, 논쟁이 이제 시작된다
인생을 탈출하려는 시도인가?
아니면 예술적인 그림에서 벗어나 여기 이 공간으로
들어오려는
예술의 습격인가?
하지만 꾸며낸 거지? 순전히 거꾸로 전도된 것이란 무
슨 말이야?

이렇게 오늘 저녁엔
성대한 저녁이 금새 지나갔다
쉬기 위해서, 간단히 말해서, 사람들이
의자에 앉았고 유리잔을 손으로 들면서
건배, 하고는 한 모금 마셨다
유리잔 하나, 포도주 한 병, 포도주

아직 포도주를 다 마시진 않았으며

여전히 마지막 담배도 결국 다 피운 건 아니다
그래서 사람들은 온통 생각에 잠긴 채, 거기에 앉아
있었고
아무것도 생각하지 않았다, 이 순간엔 아무것도 생각
하지 않았다

바로 이 점이 사실 나는 아주 편안한 것 같았다

9.
대대적인 환영 파티

그러자 모두 위층으로 올라간다, 거실로,
그곳에서 이제 커다란 환영 파티가 시작된다.
엄청나게 큰 공간들, 구석구석마다 화분들
그리고 어디에나 예술품들, 한 무더기씩 쌓여있는 책
들,
향긋한 냄새와 미리 와 있는 아름다운 사람들.
발코니에서 도시의 야경을
내다볼 수 있는 너른 전망.

그래서 우리는 저기
발코니로 나간다
이제 하늘이 우리 머리 위에 있다
바람이 쏴쏴 소리를 내며 지나간다
인생이 우리 곁을 스쳐가는 소리와 이야기로 웅성거
리는 소리

다시 한번 잠깐
이 자리에선 돈이 문제가 된다, 여하튼간에
예술을 위해 자기 돈을 쏟아 부으려는
부자들이 없다면 또 돈이 없다면
여기에 있는 모든 것은 분명 존재하지 않았을 거야

미술품 수집가는 대관절 이렇게 해서 무엇을 구매하
는 거야?
그가 이런 물건을 사들인다고?
이런 물품을?
예술 작품을?
이런 물건을 소유한다는 것이 구매자에겐 무슨 소용
이 있는거야?
그 사람은 정신도 함께 사들일 수 있을까?

당연하지
그는 자연 그대로 야생적이면서도 자유롭게 존재하려
는
동경에서, 모조리 그림 값을 지불하기 때문이야
절대적인 인간
그는 현재 상태에 얽매여 있는 자신의 세계 내적인 결
합에 대항하여
바로 그 돈으로 맞서 싸우게 되는데,
그가 일상적인 활동에 아주 정상적으로 감금되어
꼼짝달싹 못하게 됨으로써
비로소 얻게 된 돈의 덕택이니
부조리가 아니고 뭐겠어
혹독하게 비난하는 모든 비평이나
아니면 결국 다시 한 번 여전히 '아니오' 라고 할 뿐
전적으로 밖에 있어도 된다는 예술적인 동경도
마찬가지로 부조리한거야

그리고 바로 옆에서
그 옆 방에서
훨씬 경쾌한 대화
다시 한 번 화려한 색들의 축제

여기에도 그림들이 걸려 있다
관찰과 느낌을
그리고 조금 전에 대화를 나누었던 동화를
이야기하면서 마무리짓는다
예술가와 그의 임금님
이것은 물론
권력과 관련된
아주 현대적인 결말로 전개되는데
권력과 적대권력간의 격차는
은밀하게 감추어진 방법으로
예술을 정치적 관점에서 다루어 나간다

하지만 여기서 잊지 말아야 할 것은
구석구석, 모든 방마다
모든 테이블마다, 물론, 당연하겠지만
모두들 동시에 시시덕거리고들 있다는 점이며
또 거기엔 멋진 여자들이 있고
남자들은 자기가 가진 것을 과시하고
바라보기도 하며, 허튼소리를 지껄이면서 허풍을
떤다는 점이다
여기선 수탉처럼 뽐내는 거드름, 또 저기선 날카로운

금속성처럼 자지러지는 웃음
이곳이 마음에 들지 않는 사람은
바로 밖으로 나가도 된다.

추상에 관한 논쟁.
내가 계속해서 알버트와 나눈 끝없는 대화란,
구상화가
추상화보다 훨씬 많아야 한다는 거다. 끝났어.
그건 충분하지 않다는 것이며, 예술은
오로지 예술 자체에만 몰두하고 있다는 것이며,
여전히 최근의 전문가들만이
현대 회화 속에
숨어있는
센세이션을 알아볼 수 있다는거다.
마치 예전엔 그림을 하나도 그리지 않은 것처럼,
모든 각각의 새로운 그림들 속에
완전히 낡아빠진 헛소리를 새롭게
펼쳐보아야만 했었을텐데라는 점이다. 이런 의미에
서 볼 때
성취와 진보와 이미 완결된 일들이란
결코 존재하지 않았다는 거다. 모든 그림은 비록 추상

적인 것이라 해도,

눈으로 볼 수 있는 세상의 사실들에 대한 감각적인 자

료를 아주 순박하게

다시 다루었어야 했다는 거다. 따라서 결국

그 무언가로부터 얻을 수 있는 해답은 없으며, 또 그

무언가를 위한 해답도 역시 없다는 점이며,

모든 그림 하나 하나는 이런 식으로 완전히 새롭게

눈을 뜨는 것이라는 점이다, 이른 아침처럼 아주 신선

하면서도 멍청하게,

그런 다음에야 비로소 이해하기 힘들어지고 얽히고설

켜 복잡해지며,

부서지고, 힘들어지며, 정신이 혼란스러워지고 또 기

타 등등이 된다는 거다.

아니야, 알았어, 죄송해요

모든 것이 아주 분명해졌어

논쟁할 만한 것이 아니야

생각은 실제로 존재할 수도 있겠지

대상물만이 곧 생각인 것은 아니야

네네, 네네

됐어, 됐어

바로 그 옆에서
다른 사람들이 다른 것에 대해 얘기한다
그는 식사중이였어
그녀는 극장에 있었어
그녀가 축구에 대해 물어보고
그는 동료에 대해 물어보고

너무 재미있어
하긴 그렇기도 해
그래 그래

옆방에서는
누군가 춤추기까지 한다
음악에 맞춰
이러한 쾌락의 공간으로 향하는
아주 잠깐의 시선
무엇보다 소리가 꽤나 크다
말소리는 별로 안 들린다, 편안하다

여기에 누군가 누워 있어
바닥에
여기 정말로 누워 있는 두 사람
꽤나 좋아 어쩔줄 모르는군
둘씩 짝지어 여기에 누워 있어
바닥에 그리고 움직이고 있어
아주 조금
아이쿠
도대체 이게 뭐야?
여기서 이 사람들 대체 뭘 하는 거야?
여긴 정말 어둡군
광장히 시끄러워

몇 시야?
언제까지 있을거야?

지금 이들은 서로를 쳐다본다
마치 사랑에 빠진 듯이?
다시 춤을 춘다
아주 신나게, 미친 듯이

서서히 텅 비어간다
장면은 여기서 조금씩 결말로 다가가고 있다
여전히 그 영화 제작자는 약간 떠벌리고 있다
여자는 모델이며, 그 녀석이 여기서 말하는 것을
즐겁게 듣고 있다, 네 네
변호사가 이전에 법정에서 다른 사람에게 변론을 하
였는지에 관해
브로커가 비서에게 물어본다
그가 생각하는 건, 물론, 당연해,
그는 단지 생각만 했었지, 이런 경우엔
알겠어, 아니야, 오히려 정반대야, 이제부터 정말 시
작이야
아아 그렇구나, 그럼 좋아, 다음에 보자, 너도

희미하게 개 짖는 소리
그리고 누군가 말하는 것이 들린다
자기야, 너의 심장
박동 소리가
들려
실수의 이론
그것의 즐거움의

뭐라고 했어?

물론
역시
팔레트, 모두, 분명해

10.
이 밤에 물만 마셨던 사람

끝났다
그는 더 이상 할 수 없어
지금 그는 집으로 갔어
어디를 가나 약속들
여기서 만나고는, 저리로 또 간다
이것저것 하려고 해, 당연하지
하여튼 겨우 밤이 오니까
밤으로부터 그냥 벗어나고 싶어
나가 나가자
어디로?

그건 어느 누구도 몰라, 그걸 체험하게 될 거야
무슨 일이 일어날지 곧 알게 될거야
바로 이 점이
이 공간에 있는
여기 이 예술품과의
차이점이야
다음 순간에 생길 일은
결코 밝혀지지 않는다는거야
모든 일이 어떻게 끝날지
미리 결정되어 있어
우리는 아직 끝나지 않았지만
예술은 이미 끝났다는 점이
바로 예술의
죽음이야

11.
멋져

멋져

여기

와아 정말

어머 끝내준다

.

제6막

"유방에 얹은 손, 1990, 244×366" ^{주19}

제프 쿤스

1.
침대에서

자기야

안 돼

하지만 중요한 거야

나 바빠

네가 싫어졌어

뭐라구?

끝났어

2.
그 앞에서

잽싸게 한번 들어가볼까

물론이지
오늘 더럽게 추워
허튼소리 마
난 춥다구
엄살쟁이

3.
화장실에서

오늘 난 이렇게 힘좀 써야겠어
나도 그래
소란을 피울거라구 오늘
대단해
맞아

나도
좋아
바로 시작해볼까
그래
지금 바로

여기서

그들이 한 모금 마신다
그들이 주사기를 몸에 댄다
그들이 그것을 맞는다
그들이 서로를 설득한다
코카인을
그들이 조금 맞는다

아
아이

나쁘진 않아
정반대야
그래 좋아
이거 정말
아주 멋져 보여
방금 아주 정확하게
어떻다고 했지?
뭐라고 했어?

아무래도 좋아

좀 천천히
다시 들어가볼까
안 그래?
웅 그래
나쁘진 않아
확실해 나쁘진 않아

4.
파티 파티 파티

도대체 왜 이렇게 절망적인 표정이야?
나 말이야?
고민 있어?
뭐라고?
뭐 좀 마실래?
아니, 됐어
도대체 왜 아니라는 거야?

나 지금 흥분제 갖고 있어
진짜?

여기 주위를 한번 둘러봐
이건 다 오늘 내가 먹을 약이야
이거 얼마야?
너에겐 20마르크 받을게
정말 꽤나 비싸네
야 이 녀석아
몇 시에 우리가 이걸 먹으려는지
알구나 있어?

아니

자 몇 개?
그러면 10개 정도만 줘 봐
너 200 있어?
여기
금방 갖고 올게

5.
지하실

여자를
왜 남자가 때리는 거야?

황금빛 남자가
계집을 때리고 있어, 왜?
그가 그녀를 증오하니까, 왜?
그녀가 그를 배신했어, 어떻게?
모르겠어
그 여자 과연 꽤나 소리 지르고 있어
맞아
보고 싶지 않은 장면이야

그 여자가
자기 손으로 뭘 하고 있어?

벌거벗은 여자
혼자

자기 자신에 몰두한다

아무런 즐거움도 없이, 짜증 내면서, 일하고 있는 것

처럼

자기 자신이 권태로워서

조금 전에

잠시 섹스하고 싶다는 생각이 떠오른다

대체 왜 그런 생각을 했지?

그녀는 조금 더 집중한다.

긴장이 풀린 상태의 작은 파도가 살며시 밀려온다

오르가슴이라는 말을 벌써 너무 많이 얘기했을 거다

그녀가 자기 손을 코에 대고

냄새 맡는다

정말 아름다운 그림이야

이걸 아름답다고 말한 거야?

아니면 뭐야?

어두워, 비참해, 모르겠어

아 그래

네 말을 다시는 알아듣지 못하겠어

하지만 멋지잖아

아니
왜 그래?
모르겠어

네 손 좀 빌릴 수 있어?
대체 뭘 하려는거야?
네가 여기에 서 있는 건
대체 왜 그래?
미안하다, 미안해

20?
응
너 정신 돈 것 같애
30?, 50, 40
야 이 놈아, 너 여기서 좀 비켜
그래도 나는 아니야

아름답고 키가 큰 금발의 여자
보조 의자 위에
다리 하나를 올려놓고서
면도를 한다

온통 하얀 거품이 피어 오른다
멋있어
느긋하게 몸을 숙이고
자기 자신에게
꽤나 몰두한다
텔레비전이 켜져 있다
하랄드 슈미트[주20]
박수갈채
전화벨이 울린다
여자가 올려다본다

수화기를 손에 든 녀석이
다른 손으로
무언가를
계속 만지고 있다
말하고 또 듣는다
응 그래서?

더러운 팬티를 입은 남자와
푸른색 모리서 희귀 우표
철사로 뚫어

매달린 채
움직이지 않는다
날카로운 시선
그 남자 옆의 마기표 피마자유주21
그에게 그녀의 겨드랑이를 내민다
작은 젖가슴
정말 끝내줘

소파에 앉은 벌거벗은 여자
성기 앞에 놓인 손
아주 조용하다
멋져
강아지 한 마리
그 여자의 발밑에 웅크리고 있다
뒤쪽에 놓인 옷상자 깊숙한 곳에
밝은 색깔 베갯잇의
주름들
벌거벗지 않은 하녀의 등
나무, 기둥들, 저녁

여자 이 여자는 소리지른다

날카롭게 소리 지르고, 흥분해서 외치며,
욕을 퍼붓는다
신경질적으로 고음의 쇳소리로 변하는 음성

과도하게 추근거리는
남자
등을 돌리고 서 있다
추워서 얼어버린 듯
마비된 듯
그가 기다린다

그것 때문에 그가 엄청난 대가를 치를걸
정말 두고 볼 거야
난 더 이상 무섭지 않다구
대체 무슨 돈으로?
파산한 녀석, 파산한 여자

비둘기 깃털을 들고 있는 젊은 여자
늙은 여자: 노쇠하여 볼품없는 모습

노란색과 보라색으로 칠한

자살하는 그림
거리를 쏘다니는 미친 사람들
무심코 세운 계획
글자가 거의
몽땅 거꾸로 쓰여 있군
몸이 갈기갈기
찢겨졌어
모든 게 다 엉망이야

그녀가 횡설수설 중얼거리고 있어
누구에게 하는 말인지
모르겠어
알아들을 수 없어
무엇을?
그녀가 쳐다보는 것
그녀가 걸어가는 것
최후의 순간에 부딪친
마지막 인간

여자가
아이를

임신했어

쾌락

그는 기억해낼 수 없어

조금 전

이쪽으로 오는 길에

엄청 당황했어

꽤나 멋지던데

아니야

끔찍해

혐오스러워, 정말이야

정말?

솔직함, 무방비 상태, 정확함

진부하고, 웅장하며 또 평상시에 비참할 정도로 하찮은

그림 속의 그림, 순간들, 멜로디

한번 해도 돼?, 뭘?

너랑 섹스해도 되냐구?, 잠깐

왜?, 그가 아직 더 원해

어째서 이 사람은 이렇게 헐떡이는 거야?

이 사람 꽤나 흥분했어, 왜 그래?

나 때문에, 정말?, 응

정말 끝내줬어, 자, 지금, 뭘?

이제 너 해도 돼, 그 사람 지금 끝난 거야?, 응

아 그래, 지금 넣어봐, 어떻게?

이렇게, 이렇게?, 그래

이제 이걸 여기에

이봐?

이걸 여기 안으로 넣으라구

왜?, 이건 여기에 있어야 하는거야, 아 그래

음, 어때?, 기분이 좋아

나도 그래

아

왜 그런 소리를 지르지?

그래야 더 짜릿해

그 다음엔?, 다음엔 너도 오르가슴을 느낄거야

그 다음엔?, 다음엔 바로 다음 사람이 느끼겠지

정말?, 응, 아쉬워, 어째서 아쉽지?

멋있었어, 맞아, 우리 그거

다시 하지 않을래?, 하지만 우린 벌써 했잖아
그렇지만, 한번 더, 하지만 다른 사람들이
모두 더 하고 싶어해
아 그래?, 응, 아쉽다
그거 진짜 끝내주게 좋았어
맞아

그는 거래를 한다
돈을 지불한다
그는 물건을 집어넣는다
여기서 꺼져
꺼지라구

술 취한 남자가 여자를 때린다
또다시 영원한 그림
제발 그려 넣지 마
도대체 왜 하지 말라는 거야?
여기에 꼭 있어야 하는 부분이야
그것이 싫어
그걸 보고 싶지 않다구

술 취한 남자
자기 아내를 때린다
이 여자가 그의 소유물이야?
꽤나 멍청한 질문이군, 그래
술 취한 남자가 집에서 때린다
그 여자, 집으로 간다, 문을 잠근다, 기타 등등

자기 젖가슴이
그 여자 것보다 훨씬 멋있어
그래?
응
기분 좋아
나도

자기도
그런 계집이지
거기 그 여자는 어때?
아주 비슷해
그 여자 이름이 뭐야?
그러면 거기 그것은?

바닥의 다른 쪽 끝에 있는 모티브
추상적인 이야기
현재의
그림
마주 보고 기다린다, 그 다음엔

망가진 사람들, 인간들마저
모두들?, 항상?, 단지 그뿐이야?, 언제까지?
무엇 때문에?, 어째서?, 그런 일이 어떻게 생겼어?
갑자기?, 토해낸 찌꺼기
그 남자가 그쪽으로
그것을 그가
그러면 거꾸로
물론 그 여자가 그에게로

알겠어, 충분해
알아들었어, 충분해
괴롭혔어, 망가뜨렸어
호의적이었지, 너무 약해

말하자면 명예에 관한

제프 쿤스

공포와 행위에 관한
얼굴 표정의 변화
옛 사람들의 인쇄 식자

판단력이 사라졌어
끝난거야 수포로 돌아갔어
평범한 이야기야
물론이지, 분명해

마지막 장면, 지하실
여기에 있는 마지막 그림, 서둘러

책상에 있는 한 녀석, 손에 쥔 연필
일어선다, 글을 쓴다, 다시 일어선다, 왔다 갔다 한다
글을 쓴다, 바닥에 널린 책들, 종이들, 거기엔 모든 것
이 가득하다
머리를 떨군 채, 거기에서 글을 쓴다, 고개를 끄덕인
다
다시 일어선다
왔다 갔다 한다, 말한다, 거기서 줄곧 말한다
자기가 얘기한 것을, 글로 쓴다, 글을 쓰면서, 고개를

끄덕인다

자기가 말하는 것을, 글로 쓴다, 머리를 숙인다

무릎을 흔들면서, 자기가 들은 것을, 글로 쓴다

자기가 생각하는 것을, 듣는다, 자기가 보는 것을, 생
각한다

단어들로 이루어진 그림들, 고요 속의 물건들

그리고 소음, 굉장히 큰 소음

6.

춤추면서

폭풍우와 같은 도취가 아니라면

뭐 때문에, 뭐 때문에 그러겠어?

잊어버려

저절로 솟아오르지

않는다면, 누가 그걸 하려고 하겠어?

지금과 같은 상황이 오지 않는다면

그냥 원하기 때문이야

그래도 상관없어

그 여자가 여기에 없다면

이런 식을, 그 여자가 좋아하지 않기 때문이야
잊어버려
원하지 않는다면
자기가 생각한 것을
그는 기다리고 또 희망한다

그러면 그 여자가 오게 된다면
그 여자는 어떤 모습일까, 그 여자는 어떤 모습일까?
글쎄, 여기, 바로 여기에 그 여자가 있었어
이 자리에, 아름다운 여자야

잊어버려

7.
술집에서

우아 아
에에
뭐?
마실래?

뭐라구?
아직도 뭘 더
술 마실 수 있다구?
이쯤해서 슬슬 마무리 짓자구
정말?
벌써?
몇 시인지 알아?
몇 시냐구?
몰라
그럴 줄 알았어

8.
바로 그 옆에서

이건 메르세데스야, 그건 뭐야?
아주 최신형이야, 어때?
바로 그 옆에서, 두 사람이 말짱한 정신으로
거기에서 신나게 얘기한다, 음악 소리가 너무 크다
메르세데스, 아크로폴리스, 마이어의 예술작품
역사, 책, 이 드라마

게티 미술관,^{주22} 그게 뭐더라?

모든 것, 시간
이러한 행복과 오늘 우리가
느낌을 생각한다는 것
하지만 넌, 너는 아마도
이렇게 화끈하지 않았을걸
안 그래?

9.
바닥에서

우리 일어나볼까?
아니, 왜?
하지만 여기 아래가 끝내주잖아
그럼 한 번 더
한 대만 더 맞을까
좋은 생각이야
너 주사바늘 있지
아니면 내가

모르겠어
뒤져봐
조금 전에 그것을 어디에
두었더라?
으흠?

잘 물어봤어
우리 아직도
코카인 있던가?

아니

우리 뭐 좀 살 것 있어?
그 사람 아직도 거기에 있어?
그 사람 벌써 가버린 줄
알았어
코카인 갖고 있는
그 작자 말이야
내가 한번 보고 올까?

아니 됐어

한번 더 차라리
한 대 맞는 게 낫겠어
그래
괜히 서두르지 마
지금 하지 마
주사바늘 좀 줘봐
네가 바늘
갖고 있는 줄 알았어
정말?
내가?
으흠?

10.
문에서

그러면 지금?
응?
지금 뭐?
우리 집으로?

아니면 우리 집으로?
자기 집으로

하지만 우리 집은
끔찍하게 지저분해

우리 집도 마찬가지야
제기랄 아무려면 어때
바닥에 누워서
비디오 보는거
맞아
그 다음엔
같이
멋지게 잠자는거야

이것 좀 봐
여기 이 조명
너무 밝아
그런대로 멋지다고
생각해

사실은 네 말이 맞아
이제 우리 갈까

아 그래, 가자

11.
작은 침대에서

자기야
응
자기 사랑해
쉿

12.
굉장히 화끈했어

예전처럼

그들이 섹스를 한다

그들이 성관계를 한다
그들이 그것을 한다
그들이 그것을 하고 있다

끊임없는 키스
그들이 소리 지른다
그들이 침묵하고 웃는다
그들은 엄청나게 큰 소리가 나도 내버려둔다

하지만
괜찮아

알겠어
알겠다구
정말 멋졌어
굉장히 화끈했어

하지만 그 다음엔
그 다음엔
그리고 그 다음엔 하지만 그 다음엔

제7막

"풀이 무성한 오솔길에서"

함순주23

1.

환상

그때 나는 밖으로 나갔어

갑자기 조용해졌어
그리고 이러한 정적이

내 안에도 있는
고요함이
그러자 나는 숨을 들이마셨어

나는 멈춰 서 있었어, 나는 귀 기울였지
그리고 생각했어: 응 맞아
지금 정말 끝내주게 좋아, 갑자기 찾아 온 이 고요함이
아무 말도 없는 곳에서
나를 향해 다가온 정적이

미칠 것 같아, 인간이란, 정말
그렇게 하는 것, 모든 것이
살아왔던 것, 이러한 수많은 것이
또 자기 안에 있는 단 한 사람인
그러한 사람으로서 게다가 그것을
견뎌냈다는 것, 좀 더 자세히 어디에서 그리고
어떻게, 어떻게 그것이 가능하지?
권력을 유지하는 것
누가 그것을 하지?

여기에 누가 있을까?
내 안에?
나를 떠 받치고 있는 이 사람은
그토록 수많은 것을 행하고 떠받치면서 지속적으로
만들어내고
또 대개는 아무런 불평 없이, 알려주지, 멋져

즉시 그렇게 생각한 건 아니야, 이러한 의문점을
지금 이대로가 아름답다는 것
지금 그냥 이렇다는 것을
수긍하면서 더 많이 느꼈어

그 점에 대해 잠시 감탄한거야
좀처럼 그것을 생각하지 않는다고 말할 수도 있어
다르게 생각하는 것이 정상이지, 물론이야
당연하지, 분명해

전에 말했듯이, 밖에 나왔어
그땐 아침이었어
그리고 지금 이 고요함이
그때도 있었어, 엄청나게 장엄했어
그리고 나는 숨을 들이마셨고 그렇게 그쪽으로 걸어
갔어
그러고는 다시 고개를 끄덕였어, 기분이 완전히 상쾌
해졌지
그리고 마음이 부드러워졌어

아름다운 일
하루의 삶과 사흘간의 밤들
갤러리에 걸려 있는 일곱 개의 그림들
너무 크지도 않고, 아주 적당해
보는 만큼, 그대로 생각하게 되지,
응, 그래, 맞아

그렇고 그랬어, 때로는 잘되기도 하고
때로는 안 되기도 하구
하지만 영혼의 광산은
비밀에 싸여 있는거야

그래

그리고 나는 보았어
내 앞에 놓여 있는 세계를
예술을, 회화 작품을 보았어, 그것을
나는 인간들과 그들의 얼굴을 보았어
우리의 얼굴을, 똑같은 얼굴을 서로 마주 보았어
헤어지는 것을, 말하기 때문이야
이때 관계가 단절되지, 논쟁을 벌이면서 또
패배하고 다시 승리하고
새롭게

수많은 사람들의 과정들
개개 사람들 안에는, 본래, 모든 사람들 안에는
미칠 것 같아, 정말 멋져, 하지만 제발

죽도록 질주해선 안돼, 경탄은
부드러운 순간이 있어, 아니야

그 의미를 정말 알게 될 거야
다투면서, 한계를, 결말을
증오를, 모든 것을 덮쳐 버리는
헛소리의 밀물을, 붕괴를
그리고 망가진 것을, 장애를, 파편을 그리고

역시 각자가
알고 있는 건, 진저리가 날 정도로 알고 있는 건
부정성, 비판 그리고 역겨움, 거부
메스꺼움의 반작용, 멈추지 않고 계속해서
그리고 어디에서나, 자동적으로
영속적으로, 바로 그것: 무(無)이외엔 아무 것도 존재
하지 않는 것인양

그래: 아니다 이외엔 아무것도 없어
절대적으로 그리고 멈추지 않고 계속해서
그리고 그 이외엔 아무것도 없어, 그리고
거기에서 추론되는 것이 틀리다는 것을

제프 쿤스
257

알고 있어, 자기 안에서, 아니다가 아니라는것을 향한
동경, 정말 분명해, 미안하지만
그건 아주 간단해, 그것도 그래
마음에 들지 않다면,
그래, 뭐랄까?, 이제 뭐라고 할까?
나갈 수도 있는거 아니야?

그래서 난 알았어, 여기, 그림 앞에서
그래: 그때 여기가 어떠했는가를, 좋았었지?
좋았다는 걸, 여기가
여기가 좋았어
여기가 나는 꽤나 좋았어

여기엔 위안과 정밀함이 있었어
그리고 우리가 이해할 수 있는 것보다 훨씬 많이
여기엔 압축한 것, 부담감, 총체적인 것, 엄청나게 많이
말했던 것이 있었어
그리고 동시에 고요함도
여기엔 그 모든 것이 다 있었어
어쨌든 함께 아직도

그래서 이제 홀로 다시 갤러리에 있는거야
축제는 끝났고 유리잔과 재떨이가
한구석에 처박혀있어
그러자 모든 벽면에 걸려 있는
그림들에서 희미하게 타오르는 불꽃, 그림이
만들어내는 흥분
그리고 그림에 담긴 부드러움이 동시에
시간 메모리안에 저장되었어
그림들의 반짝임과 속삭임, 그림들의 다가옴, 그림들
의 외침

역시 비극적이야
동감이야, 대체로 다 그래
벌써 이렇게 멀리도 지나왔다는 것
또 우리 앞에 놓여있는 것, 모든 것이
여전히 아직도 이토록 젊다는 것 말이야

그러자 그것을 보고
숨을 내쉬고는, 고개를 끄덕이면서 걸어가는 그를 보
았어
그러고는 집으로 갔어

집으로
벌써 피곤했던거야
그리고 심장에서나는 박동 소리를 들었어
쿵, 쿵, 쿵, 쿵
멈췄어
잠깐, 그리고 귀 기울였어

라이날트 괴츠
Rainald Götz

      1954년 독일의 뮌헨에서 태어난
라이날트 괴츠는 뮌헨 대학과 프랑
스 파리 대학에서 역사학, 연극학, 의학을 공부했다. 뒤이어
베를린 대학에서 사회학을 수강하면서 탐독한 루만Niklas
Luhmann의 저서 『사회의 법』과 『사회의 사회』는 파리 대
학에서 수강한 푸코Michel Foucault의 강의와 함께 괴츠의
작품 집필에 큰 영향을 준다. 독일 고대 역사학자 헤르만 벵
트손(1911~1989)의 지도 아래 '도미티아누스 황제의 친구
와 적' 이라는 주제로 1978년 뮌헨의 막스 프랑크 연구소에
서 역사학 박사학위를 받은 괴츠는 계속해서 '청소년 뇌기
능 장애' 를 연구하여 1982년 정신의학 박사 논문을 제출하
는데 간결한 건조체의 의학 논문임에도 청소년의 일탈적 행

동에 대해 'Punk Anarchie Okay'라는 선동적인 주석을 달며 자신의 문학적인 성향을 반영하는 원고를 작성한다.

뮌헨 의과대학에서 신경정신과 의사로 활동했던 임상경험과 뇌기능에 관한 의학 연구를 바탕으로 집필한 소설 『즉시subito』를 발표하면서 괴츠는 문학계에 데뷔한다. 이 작품으로 잉에보르크 바흐만 문학상Ingeborg Bachman-Literaturpreis을 수상한 그는 1983년 오스트리아 크라겐푸르트에서 개최된 수상 기념 작가 낭독회 때 자신의 이마를 면도날로 긋고 하얀 와이셔츠 위에 빨간 피를 흘리며 작품을 읽는 극적인 퍼포먼스를 벌이는데, 당시 오스트리아 국영방송 ORF에 생중계되면서 "대중 미디어를 향한 작가의 도발적인 반항"이라고 평가받는다. 이와 함께 그 해, 소설 『미친 사람들Irre』을 발표한 괴츠는 당시 독일 문학을 대표하는 '47그룹 Gruppe 47'의 작품 경향과는 상이한 서사세계를 구축한 작가로서, 80년대 문학의 '무서운 아이Enfant terrible'로 주목받는다.

괴츠의 작품은 세 가지 경향으로 분류될 수 있는데, 그중 첫째는 폭력을 소재로 한 사회적 담론을 다룬 작품으로 희곡 3부작 『전쟁Krieg』(1986)의 제1부 『거룩한 전쟁Heiliger Krieg』(1989), 제2부 『도살Schlachten』(1991), 제3부 『대장

염의 진통Kolik』(1988)과 함께 산문집 『뇌Hirn』 등이 있다.
두 번째 경향은 베를린 장벽 붕괴와 독일 재통일의 역사적
사건을 소재로 대중 미디어의 폐해를 다룬 작품으로 역사
소설 『통제 사회Kontrolliert』(1988)와 희곡 5부작 『1989』의
제1부 『백내장Katarakt』(1989), 제2부 『요새Festung』(1993),
제3부 『요새 비판Kritik in Festung』(1993), 제4부 『1989』
(1993), 제5부 『크로노스. 보도물Kronos. Berichte』(1993)
등이 여기에 속한다. 세 번째 경향은 '팝 아트Pop Art' 계열
에 속한 '테크노 문화'의 유희정신을 통해 이질적인 감각을
체험하고 새로운 실존을 탐문하는 것으로 5부작 시리즈 『오
늘 아침Heute Morgen』의 제1부 소설 『레이브Rave』(1998),
제2부 희곡 『제프 쿤스Jeff Koons』(1998), 제3부 소설 『폭로
Dekonspiratione』(2000), 제4부 『축하Celebration』(1999),
제5부 『모든 이를 위한 쓰레기Abfall für alle』(1999) 등의 작
품이 있다.

희곡 3부작 『전쟁』과 산문집 『뇌』가 독일의 저명한 출판
사 주르캄프Suhrkamp에서 출판되자, 평론가 풀트W. Fuld
는 신문 프랑크푸르터 알게마이네 차이퉁FAZ에서 "드라마
작품이라는 표현조차 꺼리고 싶은, 불쾌하고 보잘것없는 텍
스트"라고 격렬하게 혹평한다. 괴츠가 이렇듯 당시 문단에

서 적절한 평가를 받지 못한 근거를 들자면, 우선 그의 작품이 선동적이면서도 전복적인 상상력을 추인으로 하여 전통적 극작법에서 벗어나, 일정한 사건 진행을 거부하고 등장인물의 심리적 측면을 강조한다는 점을 들 수 있다. 또한 작품의 주제인 폭력을 특히 학살이나 처형을 중심으로 한 언어로 재현하고 있는데, 이러한 물리적 폭력에 대해 사회 질서 체계가 제 기능을 수행하지 못하고 있다는 시각 아래, 연극의 사회적 담론 기능에 주목하고 있다는 점을 들 수 있다. 즉 극작가 괴츠가 이끌어가는 연극은 더 이상 미학적 방식과 사회적 관습을 대리해주는 장소가 아니며, 오히려 무대 위에서 재생산되는 사회적 커뮤니케이션 방식을 수행하는 예술의 장소이다. 그러기에 그의 작품에서 나타나는 사회학적 상상력은 중층의 인식과정을 요청하는데, 작가는 독자에게, 또는 관객에게 일방적으로 전달하는 방식의 이야기를 거절한다. 대신 무수히 많은 틈들 사이로 독자가 적극적으로 개입하여 능동적 동기를 채우고자 할 때 새로운 가능세계를 설정할 수 있다는 것이다.

두 번째 경향으로 분류되는 작품들은 베를린 장벽이 무너진 해인 1989년을 중심으로 한 희곡 5부작으로, 당시의 역사적 사건을 담론형식으로 전개하면서 대중 미디어의 폐해 속에 포획되고 마는 사회풍경을 담고 있다. 희곡 『요새』에서는 대중 미디어가 담론을 사용하는 실제적 방식에 의문을 던진다. 텔레비전의 생방송 효과를 책이라는 미디어의 형식 안에서 문자로 그대로 재현함으로써, 대중 미디어가 조정하는 불분명한 역사 의식과 극단적인 무역사성에 비판적 시각을 제기한다. 희곡『1989』는 TV 방송 원고 모음집 양식을 취하면서 각 장면을 콜라주 형태로 전개하였고, 특히 희곡 『크로노스. 보도물』은 과거 베를린의 반제Wannsee 회의에서 결정한 역사적인 '유대인 말살의 나치 정책'에 대한 오늘날의 비판적 견해를 다루고 있는데 헤겔, 푸코, 루만의 이론을 통해 분석적 담론 형태로 전개하면서 1982년에서 1991년 동안 작성된 대중 미디어 보도 기사와 칼럼을 재현한 모음집이다. 라이날트 괴츠는 이들 희곡 5부작을 연극무대 공연과 책 출판, 오디오 CD로 각각 선보임으로써 '미디어 트리오'라고 호평을 받는데 희곡 텍스트에 미디어의 담론 양식을 시뮬레이션 함으로써 텍스트 내용과 담론 형식의 지시 관계를 다양하게 나타내고자 하며, 이러한 방향에서 자신의 작품을 각기 상이한 미디어로 제작하려고 시도한다. 다음해 1994년에는, 『Word. Kronos. CD』를 CD 세 개와 소책자 형식으로 발표하고, 이어서 독일의 유명한 DJ 올리버 리프Oliver Lieb와 스테비 베 쳇Stevie B-Zet이 작업한 음악을 배경으로 작가 자신이 희곡『크로노스. 보도물』의 텍스

트를 직접 낭독한 CD 『Triple-CD Word』와 함께 희곡 『백내
장』을 낭독한 CD를 발표한다. 그후 희곡 『크로노스. 보도
물』의 역사적 무대였던 반제에는 현재 '베를린 문학 콜로키
움'이 설립되었고, 이 단체로부터 괴츠는 작가 지원금을 받
고 있다.

괴츠의 세 번째 경향은 팝 아트 계열의 테크노 문화를 소
재로 작품화하는 것이다. 1997년, 괴츠는 베를린의 테크노
축제 'Love Parade' 제작자이며 독일 최고의 DJ 베스트밤
Westbam과 공동 작업한 인터뷰 모음집 『Mix, Cuts &
Scratches』를 베를린의 메르베Merve 출판사에서 발표한다.
그리고 다음해인 1998년, '현재의 이야기Geschichte der
Gegenwart'를 전개하는 5부작 '오늘 아침'이 계속해서 출간
되는데, 성찰적이기보다는 찰나적으로, 이념적이기보다는
심리적으로, 지속적이기보다는 일시적으로, 분석적이기보
다는 감정적으로 활달하게 탈주하는 새로운 세대의 모습이
드러난다. 분열증적 유희정신에 바탕을 둔 새로운 자율적 주
체들은 90년대 삶의 기쁨을 대변하는 레이브, 테크노, 팝 문
화의 다양한 스펙트럼 속에서 극작가 괴츠의 예리한 관찰로
조명된다. 독일 방송의 인기 있는 나이트 토크 쇼 진행자인
하랄트 슈미트Harald Schmidt가 한밤중 디스코텍과 칵테일
바를 오가는 이들을 빗대어서 말한, "내가 이슬을 주웠던 초

원에서 되돌아왔을 땐, 오늘 아침 4시 11분" 이라는 방송 대사를 괴츠는 연작물 '오늘 아침' 의 모토로 인용한다.

그중 제1부인 소설 『레이브』는 '밤의 내적인 삶의 이야기 Geschichten aus dem Leben im Innern der Nacht' 라는 부제 아래 테크노 댄스 장면으로 구성되어 한순간에 도취하려는 젊은 세대의 감성을 반영하고 있다. 제2부 『제프 쿤스』는 예술가 연극이자 '팝 동화 Ein Pop-Märchen' 로서 유럽 현대극의 대표적인 작품으로 주목받고 있다. 일관된 사건 진행 없이 '서사적인 장시' 에 가까운 형식 안에서 등장인물의 의식이 해체되고 내러티브가 무효화되며, 확고부동한 존재를 추구하는 근대의식에서 벗어나 표면을 부유하면서 삶의 다면성을 넘나드는 탈근대의 인간이 조명된다. 제3부 『폭로』는 5부작에서 구상한 '현재의 이야기' 를 완결하는 소설로 2000년에 출간된다. 제1부 『레이브』가 밤의 생활에서 펼쳐지는 새로운 세대의 행태를 주목하고 있다면, 그 상대물로서 『폭로』에서는 글쓰기, 미디어, 우정, 계략, 글쓰는 이의 불안한 상태에서 벌어지는 낮의 생활을 추적한다. 괴츠는 『폭로』를 글쓰는 행위와 함께 글의 소재와 글을 둘러싼 인물 들의 복합체에 관한 성찰을 주워 담은 미디어 소설로 규정한다. 제4부 『축하』에서는 부제 '밤을 위한 텍스트와 그림 모음집' 에서 보여주듯이 '90년대 밤의 팝90s Nacht

Pop'을 즐기는 이들의 다양한 모습이 묘사된다. 나이트클럽 포스터, DJ들의 활동사진, 미술 갤러리에 전시된 그림, 마약을 복용하는 젊은이의 사진 등이 텍스트와 함께 이채롭게 편집된다. 실제 괴츠는 90년대 중반 DJ들과 함께 도쿄, 뉴욕, 샌프란시스코, 베를린에서 개최된 테크노 축제를 돌면서 로큰롤에 심취한 감정을 기록한다. 밤의 감각적 생활을 배경으로 순간의 몰입과 다양한 문화의 차이성에 글쓰기의 초점을 맞추는 괴츠는 테크노 문화의 환상 속으로 침윤해 들어가 존재의 가치를 새롭게 발견할 수 있는가를 탐문한다. 제5부 『모든 이를 위한 쓰레기』는 1998년 2월부터 1년 동안 작가의 일상을 시간별로 상세히 기록하여 매일 인터넷상에 올려놓은 글로, 연재가 끝난 1999년 '한 해의 장편소설'이라는 부제로 주르캄프 출판사에서 발표된다. 괴츠는 자극과 매력 등 외부로부터 오는 '송신'에 반응하여 순간을 포착함으로써 이질적인 존재의 감각을 체험하고 그 감각적 실존을 통해 허구적 세계를 탐색한다. 한 지식인의 일상이 복합적인 단면들로 구성되어 실제로 체험한 것을 그대로 모사하는 『모든 이를 위한 쓰레기』는 순간의 의식을 인터넷의 접속을 통해 실험하는 작품이며, 출간 이후 독일의 젊은 작가들이 일상의 삶을 새로운 글쓰기 양식으로 전개하는 인터넷 문학의 모범이 된다.

  독일 함부르크 샤우스필 하우스에서 1999년 초연된 『제
프 쿤스』는 그 이듬해 독일 본 테아터와 쾰른 시립 극장에
서 성공적으로 공연되었고, 연극 비평가들로부터 2000년
'올해의 희곡작품'으로 선정되면서 2002년 프랑스 파리의
테아트르 우베르와 2004년 독일 베를린의 도이체스 테아터
에서 공연되었다.

  이 작품은 제목에서 나타나듯이, 팝 아티스트Pop Artist로
서 현재 미국에서 활동하고 있는 제프 쿤스Jeff Koons
(1955~)를 모델로 한 '예술가 연극'이다. 극작가 라이날트
괴츠는 예술가와 삶, 예술과 권력, 예술작품과 비평계의 관
계를 구체적으로 보여주기 위해 어느 주말을 즐기는 예술가
와 그를 둘러싼 사회를 무대 전면에 내세운다.

첫 장면은 제3막 3장부터 시작되며 장소는 '팔레트' 다. 괴츠는 첫 장면의 표제를 1960년대 실재했던 함부르크의 나이트클럽 '팔레트' 의 이름에서 차용하는데, 이곳에서 사람들은 춤을 추고 마약을 복용하며 자신의 삶과 예술세계를 토로하면서 밤의 개인생활을 즐긴다. 맥주를 마시던 두 사람이 서로에게 매력을 느끼고 술집을 나선다. 그러고는 그들 방식대로 사랑에 빠지는 다음 장면이 전개된다.

두 번째 장면인 제1막 1장의 표제이기도 한 '침대에서' 이들은 섹스의 환희를 나눈다. 그러한 순간에 남겨진 몫은 자신의 마음을 상대방에게 열어놓는 것일 게다. 자기만의 고유한 어린 시절 이야기, 학생 때 친구 이야기와 부모의 독특한 기질에 관해 대화하고는 함께 잠잔다.

세 번째 장면은 막의 숫자 표시 없이 '밖에서' 라고 제시되어 있다. 환락의 생활을 즐길 수 있는 행복한 장소인 '팔레트' 가 다시 무대 중앙에 설치되며 그 입구에는 등 굽은 사람들이 서성인다. 이 장면은 제3장 '괴어리츠 기차역에서 온 등 굽은 사람들이 행진한다' 는 표제로 시작한다. 그들은 도대체 여기서 무엇을 하려는 걸까? 등 굽은 이들은 버스나 전철을 타고 다니면 자주 눈에 뜨이는 대도시의 어두운 거리를 배회하는 노숙자들이고, 심신이 망가진 자들이며, 알코올 중독자요 부랑자들이다. 비참한 세계에서 살고 있는 이들이 예술 세계 안으로 들어오기 위해 입장 허가를 받으려고 애쓴다. 등 굽은 사람들은 자신의 신세가 처량하다고 생각하면서도 그러한 처지로부터 완전히 벗어나 일어설 수도 없다. 그리스의 신들이자, 인간의 대리자들이 살고 있는 '지금, 여기'에서 현대의 비극이 구현되고 있는 것이다. 이곳에는 우주 전체를 짊어지고 가야만 하는 한 사람이 서 있는데, 그는 자신만의 우주를 어깨에 짊어진 채, 기꺼이 걸어가고자 하기 때문이다. 또 이 우주를 짊어져야만 한다는 것과 자신이 행하고 있는 모든 것에 대해서도 스스로 책임이 있다고 느끼고 있기 때문이다. 이들은 각자 자기 방식대로 비극 속의 주인공 역할을 어찌 됐든 잘 연기하고 있다. 등 굽은 사람들은 그곳에서 마약을 먹고 범죄를 저지르고 음담패설을 내뱉으며 자신의 비극을 이끌어간다. 이제 이들의 비참한 세계가 현실 안으로 돌연 뛰어 들어온다.

네 번째 장면은 제2막 2장 '사무실'에서 전개된다. 섹스를 하는 침대 장면이 무대 위에 잠깐 제시되고 다음날 아침, 사무실로 출근하는 예술가가 등장한다. 제프 쿤스가 예술세계의 대부로 존경한 바 있던, '팝 아트Pop Art'의 선구자인 앤디 워홀Andy Warhol의 작업실을 모방한 공간이다. 이곳에서 예술가는 작품 제작을 보조하는 수공업자들과 비서와 작업 조수들에 둘러싸여 바쁘게 활동하고 있다. 무대 한편에선 예술가가 수공업자에게 짜증을 내며 분노를 터뜨리고, 곧바로 무대의 다른 한편으로 달려간 예술가는 언론사 기자와 인터뷰를 하면서 자신의 예술 세계를 설명한다. 무대의 또 다른 곳에서는 예술의 역사를 뒤흔들어놓을 위대한 작품의 제작 과정이 특정한 시스템 아래 진행되고 있다. 예술가는 작품 계획안을 제시하고 수공업자가 그 모형을 제작하고 있다. 드디어 예술가는 자신의 작품 구상에 따라 완성된 예술품을 바라본다. 그는 자신의 작품과 자신이 속해 있는 모든 세계에 대하여 의혹에 휩싸인다. 이제 그에게는 작업실이 비좁고 답답할 뿐이다. 창문을 열자 신선한 공기가 들어오지만 외부에서 벌어지는 끔찍한 일들도 함께 밀려온다. 바깥 세상에서 뒹굴고 있는 범죄와 병에 찌들려 비참해진 자들이, 심지어 몸과 마음이 망가져버린 자들이 밀쳐 들어오려고 한다.

다섯 번째 장면은 막의 숫자 표시 없이 '휴식 시간 후'로 시작된다. 미술품을 전시하는 갤러리의 전시 오프닝에서 수많은 사람들이 작품을 감상하며 담소하는 모습이 무대 위에 펼쳐진다. 갤러리의 비좁은 입구는 그림을 둘러본 후 밖으로 나가려는 방문객들과 또 한편 갤러리 안으로 들어오려는 사람들로 인해 혼잡해지면서 특이한 소동이 벌어진다. 예술가의 흥미를 끌고 있는 것은 갤러리 안에 있는 사람들이다.

하지만 이들은 예술 세계를 뒤로 하고 언제나 다시 처음의 가련한 상태로, 일상의 지루한 생활 세계로 되돌아가고자 한다. 그곳은 너무 비좁고 모든 것이 끔찍한 상태 속에 있지만 말이다. 아직도 길거리 위에 서성이는 사람들은 할로인 조명이 화려하게 빛나고 있는 공간 속으로 어떻게 해서든 들어가려고 한다. 갤러리 입구에서는 이렇게 밖으로 나가려 하거나 안으로 들어오려는 사람들로 소동이 일어나고 있지만, 한편 갤러리 주인의 거실이 있는 위층에서는 마약을 먹고 황홀한 상태 속에 있는 젊은이들도 있는가 하면, 어두운 구석진 방에서는 쌍쌍이 은밀한 연애를 즐기는 이들도 있다. 이제 그들은 열정적으로 서로를 탐색하면서 함께 쾌락에 몰입할 수 있는 곳으로 가자고 제안한다.

여섯 번째 장면이 시작되는 제6막 3장은 그들이 현재의 순간만을 향유하려고 출발했던 장소인 '팔레트'다. 무대는 다시 처음 장면으로 되돌아가 있다. 시간이 상당히 흘러서 한밤중이다. '팔레트' 앞에서 서성이던 이들은 마침내 입장을 하며 화장실에서 마약 주사를 맞고 지하실로 내려간다. 그러나 그곳에서 애인에게 폭력을 휘두르는 흉악한 남자의 모습과 마주친다. 비참한 자들과 증오로 가득 찬 이들, 불안에 떨고 있는 자들과 밀폐 공포증에 휩싸인 자들의 형상이 요지경처럼 차례로 스쳐 지나간다. '팔레트'의 위층에선 엄청나게 술을 마시며 끊임없이 지껄이는 이들이 있는가 하면, 한편에선 사랑을 속삭이는 이들도 있다. 한 여자와 한 남자는 서로의 매력에 끌려 이곳을 박차고 나가며, 두근거리는 가슴을 안고 상대방을 새로운 환희의 세계 속으로 끌어들인다.

마지막 장면인 제7막에서는 단 하나의 장으로 이루어진 5장 '그림'이 무대 위에 펼쳐진다. 여기서 또 저기서 소곤거리는가 하면 외쳐대기도 하고, 한편에선 애원하는가 하면 자기 주장을 내세우던 수많은 사람들의 다양한 소리를 들었던 예술가는 오로지 휴식을 취하고 싶을 뿐이다. 그는 작업실 문을 열고 나가서 그림을 전시한 공간으로 향한다. 그리고 이제 갤러리의 밝은 조명등이 비추고 있는 수많은 그림들 중에서 한 그림 앞으로 다가선다. 그는 그림을 바라보면서 지금 자신이 존재하고 있는 시공간 안에서 활기차게 생동하고 있는 젊음의 에너지를 감지할 수 있으며, 동시에 21개의 마디로 이어져온 지나간 수많은 세기의 역사적 흐름이 자신을 둘러싸고 물결치고 있음을 깨닫는다. 지금 그를 향하여 엄청난 피로가 몰려오고 있다. 하지만 그는 세상을 향해 밝은 시선을 보낸다. 그는 지쳐 있고 그를 바라보고 있는 우리도 언젠가는 노쇠할 거다. 예술가의 심장 박동이 서서히 멈추는 것이 들린다.

1998년 독일의 주르캄프 출판사에서 발표된 『제프 쿤스』는 '극작품'이라는 부제를 달았지만 무대 위에서 공연을 하기에는 수월치 않은 작품이다. 극의 대사가 서술적이며 성찰적인 특성을 지닌 산문 형식의 긴 문장과 함께 다른 한편에선 서정시 형식의 단순한 단어 배열로 이루어져 있는가 하면, 직접화법과 간접화법이 혼용되고 있다. 또한 등장인물이 구체적으로 제시되지 않고, 대사와 무대 지시문의 구분이 없다. 더 나아가 극의 첫 장면이 제3막 3장에서 시작되면서 각각의 막과 장면의 순서가 일치하지 않은 채 극의 구조가 뒤엉켜 있다. 그것뿐만이 아니다. 등장인물의 배역 구분이 없기 때문에 누가 말하는지를 분간할 수 없으며, 또 등장인물의 심리 상태나 사건 진행의 전개를 알 수 없다. 도대체 이 극에는 몇 사람이 말하고 있는 걸까?

모두 7개의 막으로 구성된 극은 각 막에 해당하는 독특한 표제를 달고 있으며, 동시에 상이한 영역에서 활동하는 예술가들의 세계를 각 장면의 모토로 제시하고 있다. 팝 아티스트 제프 쿤스 Jeff Koons와 앤디 워홀 Andy Warhol, 현대 건축가 리처드 마이어Richard Meier, 노르웨이의 노벨문학상 수상작가 크누트 함순Knut Hamsun과 독일의 극작가 베르톨트 브레히트Bertolt Brecht, 그리고 팝 가수 마돈나 Madonna의 각각의 인터뷰 내용이나 미술품 제목과 문학작품 일부 또는 노래 한 소절을 작품에 인용함으로써 '상호 텍스트성'의 기능을 부여한다. 이들 예술가들의 다양한 세계관이 해당 장면에서 진행되는 사건 진행과 연관됨으로써 극작품에 대한 독자와 관객의 고정된 기대 지평을 해체하며 독자적인 담론을 형성하고 조망하는 모토로 제시된다.

극작가 괴츠는 제2막 '사무실'의 17번째 장면 '스케치'에서 작품 『제프 쿤스』의 전반적인 개요를 운문 형식으로 표현한다.

"예술/ 어느 주말의 예술/ 간이주점/ 그리고 예술가의 작업실/ 미술 전시장과 등 굽은 사람들/ 괴어리츠 기차역에서 온 등 굽은 사람들이 행진한다/ 상당히 간결하게 압축한/ 7막의/ 극작품/ (중략)/ 창조와 몸짓/ 사물이, 일이/ 그리고 아이디어가 문제야/ 일상과/ 진리와 진부함이 문제야/ 사건 진행은 그리 큰 문제가 되진 않아/"

"일상과, 진리와 진부함이 문제"라는 한 예술가의 대사는 자신의 일상생활을 직접 창작 행위로 이끌어 나가는 팝 아티스트, 제프 쿤스가 이 작품의 극적 대상물이 되고 있다는 사실을 비유적으로 표현하는 말이다. 쿤스는 마르셀 뒤샹 Marcel Duchamp의 변기(이름하여 '샘the Fountain')처럼,

앤디 워홀의 캠벨 스프 깡통(이름하여 '200개의 캠벨 수프 깡통들')처럼 인식의 지평을 뒤집으려는 목적하에 작품을 생산한다. 2000년 베를린의 포츠담 광장에 설치된 제프 쿤스의 조형예술품 '꽃 풍선Balloon Flower'처럼, 주변에 널려 있는 물건들은 쿤스의 새로운 시선 아래 팝 예술품으로 격상되며, 공장에서 엄청나게 쏟아져 나온 기성 제품에는 대중을 감염시킬 사랑의 메신저라는 라벨이 붙여진다.

일상적인 사물을 예술품으로 재현하는 쿤스의 창작 아이디어처럼, 극작가 괴츠 역시 일상적인 언어로 이루어진 문학작품을 발표한다는 점에서 두 예술가는 동일한 방향의 창작 모티브를 취하고 있다. '제프 쿤스'라는 이름이 극의 실제 장면에서는 직접 언급되진 않지만, 예술가로서의 그의 형상은 작품에서 수없이 암시되고 있음을 알 수 있다.

극작품 『제프 쿤스』는 '현재의 이야기'를 부제로 한 5부작 '오늘 아침'의 제2권으로 발표되었는데, 이들 시리즈 작품들은 오로지 한 순간만을 찬미한다. "카르페 디엠Carpe diem!" 현재를 즐기라고 외치는 호라티우스Horatius의 주장처럼, 지금 이 순간만을 가장 귀중한 삶으로 향유하라고 극작가 괴츠는 노래한다. 『제프 쿤스』에 등장하는 사람들은 어느 주말 저녁, 무작정 시내를 돌아다닌다. 스탠드 바에서 나이트클럽으로, 디스코장에서 침대로, 또는 사무실이나 공장에서 미술 갤러리로 고개를 기웃거리며 쏘다닌다. 각 막의 제목으로 제시한 이들 다양한 장소는 그 공간이 지니는 고유한 담론을 위한 무대장치로서 제공되며,『제프 쿤스』의 극적 사건 진행은 등장인물을 통해서가 아니라, 오히려 대화를 주고받는 해당 공간의 특성에 따라 담론을 형성하고 있기 때문이다. 극의 각 막과 장면은 순서대로 정렬되지 않고 앞뒤로 뒤엉켜 있다. 제1막이 사건 진행의 중간에 위치하든, 마지막 부분에 돌연 도입되든 독자나 관객이 작품을 수용하는 데는 아무런 지장이 없다. 등장인물의 대사와 연출 지시문의 구분이 없기 때문에, 극작품을 공연하기 위해서 연출가는 독자적인 새로운 구상을 자유롭게 무대 위에서 펼칠 수 있다. 괴츠는『제프 쿤스』를 연출가 마음껏 어떤 형태로 공연하든, 극작가인 자신과는 무관하다고 인터넷 일기 모음집『모든 이를 위한 쓰레기』의 1998년 11월 21일자 글에서 작가의 입장을 밝힌다.

"텍스트와는 대치되고 있는 모든 가능성의 자료가, 극작품의 텍스트에서 제외된 대응영역인 이러한 말없는 세계가 무대 공연에 생명을 불어넣어 활성화되어야 한다. 그 때문에 연출가가 텍스트를 가지고 무엇을 하든 내겐 언제나 아무 상관이 없다. 축소시키든, 삭제하든, 새롭게 편집

하든 나와는 무관하다. 텍스트 파괴 작업, 이것을 연출가는 이끌어내어야 한다. 그렇게 되면 정확히 타이밍에 맞춰서, 무엇보다도 라이브 공연에서 연극배우의 생생한 음성 덕분에 무대 공연은 새로운 완전한 작품으로 작용하게 될 것이다."

극작품, 달리 표현하면 연극 텍스트는 괴츠에겐 무대 공연을 위한 재료일 뿐이며, 연출가와 연극배우의 공연과 이에 반응하는 관객과의 수용관계가 연극의 활성적인 역할로 제기된다.

최근 2005년 영국 런던의 현대예술연구소로부터 초청받아 공연된 『제프 쿤스』는 포스트모더니즘의 대표적인 드라마로 주목받았으며, 1999년에는 쉬트베스트 방송국SWR과 노르트도이칠란트 방송국NDR의 공동 작업으로 빠른 템포의 극 진행과 콜라주 방식의 내러티브를 긴장감 있게 전개한 라디오 방송극으로 제작되어 호평받은 바 있다.

1) 독일 TV의 미디어 비평 프로그램인 나이트 토크 쇼
"하랄드 슈미트 쇼"의 진행자인 하랄드 슈미트
Harald Schmidt (1957 -)의 방송 대사를 인용한 것이
다. 독일 뮌헨의 맥주 축제인 '옥토버 페스트'에서
엄청난 규모의 행사장을 "초원"으로, 또한 맥주를 과
도하게 마셔서 뱉어낸 토사물을 "이슬"로 은유하면
서 한 밤중 내내 디스코텍과 칵테일 바를 오가는 사
람들에 대한 키치 풍의 조롱 섞인 표현일 수 있다.
극작가 라이날트 괴츠는 그의 5부 연작물 '오늘 아
침 Heute Morgen'의 모토로 인용 한다 ('작가 소개'
참고). 여기서 표현한 "나"는 밤마다 여러 곳을 쏘다
니며 많은 것을 체험한다. "4시 11분"이라는 표시에

서 알 수 있듯이, "나"는 정확한 시각을 체크하는 낭만주의자다. "오늘 아침"은 하루를 시작하는 첫 시간이 아니라, 어제 밤에 체험한 파티에 관한 이야기가 계속되는 시점이다. 작가는 밤을 낮으로 만들어가는 사람들인 DJ들, 미술 갤러리의 큐레이터들, 클럽을 떠도는 사람들, 예술가들, 방송인들에 관해 이야기한다. 작가의 "밤"은 '삶을 실험하는 장소'이며, 동시에 예술적인 장소이며, 탐닉의 장소다. 여기서 벌어지는 젊은이들과 연인들의 사랑과 우정은 작가의 세계를 소통해주는 수단이다. (이하 역자 주)

2) 제프 쿤스 Jeff Koons 가 1989년, 뉴욕에서 전시한 팝 아트 계열의 작품 제목. 작가 괴츠는 예술가들의 다양한 세계를 나타내는 인용문을 의도적으로 연극 각 장면의 모토로 제시하여 '상호 텍스트'의 기능을 부여한다.

3) 제프 쿤스는 1955년 미국 펜실베니아 에서 출생하여 시카고 미술대학에서 공부한 팝 아티스트. 70년대 후반, 뉴욕 월스트리트 증권가에서 근무한 바 있는 그는 미국의 80년대 미술을 대표하는 작가로서 미니멀리즘과 팝 아트를 종합하고 예술품을 현대 소비시대의 하나의 상품으로 제시한다. '키치'와 고급예술

의 관계를 탐구하면서 대중과 소통하기위해 광고와 향락산업의 시각적 언어를 수단으로, 특히 핑크 펜더, 마이클 잭슨, 포르노 사진, 진공청소기, 농구공, 어린이 장난감등 대중 매체 이미지를 작품 소재로 사용하면서 성인 세계의 통속성과 어린이들의 순수한 향유를 이끌어내고 동시에 대중문화의 산물을 꼴라주하고 패러디한다. 최근 2000년, 독일 구겐하임 미술관에서 전시된 그의 회화전 〈단순한 향유 - 탈속적인 Easyfun - Etherea〉는 기술적이고 컴퓨터 프로그램화된 현대 미술의 다양한 예술 조류를 회상해준다. 쿤스가 자신의 작품을 설명한 바처럼, "관람자의 내면적인 안정감을 이끌어내기 위해 노력하며, 특히 물건들과 관람자가 예술 작업의 가장 중요한 역할을 한다". 1997년, 스페인의 구겐하임 빌바오 미술관에 그의 대형 작품 "강아지 Puppy"가 설치되었다.

4) '팔레트'는 괴츠가 공연 인터뷰에서 설명한 바 있듯이, 독일 함부르크에 실재하는 나이트 클럽의 이름이다. 한편 다양한 색채를 올려놓는 판인 미술도구를 지칭하는 표현이기도 한 팔레트는 인간의 욕망을 다양하게 발산할 수 있는, 각기 다른 상황을 독자나 관객들에게 보여 주려는 작가의 의도를 담고 있다.

5) 원본의 영어 표기를 그대로 둠으로써 작가의 의도를 반영하고자 했으며, 괄호( )안에 우리말 번역을 병기한다.

6) "단어의 벽"은 디스코텍이나 나이트클럽의 내부 벽면에 술에 취한 젊은이들이 자신의 감정을 쏟아 놓은 글자들이라 생각할 수 있다. 등장인물 역시 낙서를 휘갈기면서, 벽에 새겨진 글자와 그림을 보며 자신의 과거를 회상하거나, 마약을 복용하면서 환각의 세계 속으로 잠긴다. 작가 괴츠는 이 부분을 의도적으로 문장을 해체시키고 단어를 운율에 맞춰 배열 하는데, Hip-Hop 계열의 랩에 맞추는 비트와도 연관이 된다.

7) '디 토텐 호젠 Die Toten Hosen' 록 밴드의 불쾌한 매너를 풍자한 표현이라고 생각할 수 있다. 1982년 결성된 독일 뒤셀도르프 출신의 이 그룹은 펑크 음악의 대명사이며, 1997년, 1,000번째 콘서트 공연이 진행될 정도로 유럽에서의 인기가 대단했다.

8) 예술가는 벽을 바라보면서 작품을 구상하며, 또 전시될 자신의 작품을 상상하는 장면이다.

9) 이 짧은 장면은 술집에 모인 사람들의 다양한 생각을 펼쳐 놓은 담론의 무대를 보여준다. 한 여성이 질문하는 "Vasen (꽃병)"이라는 말에 대해, 남성 예술가

는 "Blasen (부풀어오르다)"이라는 말로 대받아친다. 이때 "Blasen"은 섹스 장면의 성기를 연상한 단어로, 예술가는 상대 여성을 조롱하는 의미로 사용한다. 독일어 단어의 첫 글자 'V'와 'B'는 유사한 발음으로 들리는데, 이러한 말장난의 상황을 의역해서, 우리말로는 "꽃병"과 "술병"으로 번역했다.

10) 마돈나 Madonna(1958-). 1997년 미국 그래미 어워드를 수상한 이래 세계 최우수 팝가수로 활동. 도전적 뮤직 미디어와 에로틱 환상이 담긴 사진집 등으로 언론의 주목을 받으며, 성의 자유를 주장하고 동성애자의 권리를 대변한다. "너 자신을 연출하고 , 자신을 만들어라. 너는 그것을 할 수 있다"는 메시지를 전하는 변화의 능력이 뛰어난 여성의 상징이다.

위에 인용한 가사는 마돈나의 노래 '얼어붙은 서정시 Frozen Lyrics'의 한 구절이다.

11). 베르톨트 브레히트 Bertolt Brecht(1898-1956). 독일 아우구스부르크 출신의 극작가이자, 연출가. 위에 인용한 글은 브레히트의 '로사 룩셈부르크 Rosa Luxemburg'에 수록된 문장의 한 부분이다 : "도움을 준 사람의 얼굴을 바라보는 눈길은, 아름

다운 풍경을 바라보는 눈길이지요, 친구여. Der Blick in das Gesicht eines Menschen, dem geholfen ist, ist der Blick in eine schöne Gegend, Freund." 실린 곳; Bertolt Brecht : Werke. Gro e kommentierte Berliner und Frankfurter Ausgabe. Hg. v. Werner Hecht, Jan Knopf, Werner Mittenzwei, Klaus-Detlef Müller. Bd. 10 (Stükfragmente und Stückprojekte), Teil 2, Frankfurt am Main 1997, S. 981.

12) 괴어리츠 Görlitz. 독일의 가장 동쪽에 위치한 소도 시. 폴란드와 국경을 마주하여 동유럽으로 향한 교통 연결지이며, 독일의 문화도시 드레스덴과 라이프치히를 잇는 중요한 기차역이 있다. 제2차 세계 대전 중 공습의 피해를 받지 않은 유일한 도시로서 4,000개 이상의 문화유산이 보전되었다. 90년대 초, 핵폐기물을 운송하는 노선이 이 도시를 통과하게 되자, 환경단체들의 대규모 항의 데모가 있었다.

13) 리하르트 마이어 Richard Meier (1934 -). 미국 뉴저지 출생의 건축가이자, 하버드 대학 건축과 교수. 1984년 건축가의 최고상 '프리츠커 상' 수상. 낭만적 모더니스트인 그는 자신의 건축 미학의 주제로

서 "모더니즘의 미학, 테크놀로지의 아름다움과 실
용성"을 제시한다. 특히 그는 극적 분위기를 만드는
빛을 통해서 기하학, 개방성, 투명성의 공간을 창조
한다. 대표적인 건축 프로젝트인 독일의 프랑크푸
르트 장식 미술관이 있다.

14) 잡지사 보그 Vogue. 패션 잡지의 이름.

15) 위츠귀어 ÜTZGÜR 는 터키 식 이름이며, 대사의 앞
뒤 문맥을 고려할 때, 조롱이나 놀림의 의미를 담고
있다. 예를 들면 독일인들이 "김"씨 성을 농담조로
"김치"라고 하는 것과 유사하다. 1960, 70년대 수많
은 터키인들이 '외국노동자Gastarbeiter' 신분으로
독일에 입국했는데, 터키인 이주에 대한 거부감에
서 이와 같은 야유 섞인 말투를 사용한다.

16) 클라이스트 Heinrich von Kleist (1777-1811). 독일
의 극작가. 인간 인식의 무능과 오류를 예리한 심리
묘사로 파헤친, 마력적인 천재작가이다. 대표작품
은 희곡 "펜테질리아", "깨어진 항아리", 소설 "칠
레의 지진".

17) 앤디 워홀 Andy Warhol (1927-1987). 미국 펜실베
니아 출생의 팝 아트 예술가이자 영화제작자이다.
만화와 신문보도사진의 한 장면, 영화배우의 브로

마이드 등 대중미디어의 매체를 실크스크린으로 캔버스에 전사 확대하는 예술 기법을 창출함으로써, '세상은 생산된 제품' 일뿐이라는 그의 차가운 메시지는 현대의 대량 소비문화를 새로운 각도로 조명한다. 워홀이 언론에 의해 예술적 명성이 급부상한 이래, 미국의 제프 쿤스와 영국의 다미엔 허스트도 그 뒤를 따랐다. 극작가 라이날트 괴츠는 워홀을 자신의 예술세계의 대부로 존경하였고 워홀의 타계 소식을 듣자 그의 초상화를 직접 제작하며 추모행사를 계획한 바 있다.

18) 펫 헤키트 Pat Hackett. 앤디 워홀의 개인 기록과 책 편집자이자, 개인 비서. 저서 "팝이즘, 60년대의 워홀 Popism, The Warhol Sixities"을 1980년 워홀과 함께 공동 저술했고, 기록영화 "앤디 워홀"(2006년 제작)에 제프 쿤스와 함께 공동 출연했다.

19) 제프 쿤스의 작품 제목.

20) 하랄드 슈미트. 독일 방송 토크쇼 진행자.

21) 마기 리처 Maggie Rizer. 스위스 마기 Maggie 회사 제조의 식용유.

22) 게티 the Getty. 미국 석유사업의 거부 폴 게티 Paul

Getty 가 LA에 세운 미술관.

23) 크누트 함순 Knut Hamsun (1859 - 1952). 노르웨이의 소설가이자 극작가. 1920년 노벨 문학상 수상. 니체와 스트린드베리의 영향 아래 현대 서양문명에 반감을 갖고, 비합리주의 태도를 전개한 신낭만주의 작가다. 특히 제2차세계대전중 노르웨이를 점령한 나치를 지지한 이유로 전후, 반역자로 수감되었으나 87세의 노령 때문에 감형되고 노인 요양소와 정신병원에서 치료를 받았다.

"풀이 무성한 오솔길에서 Auf überwachsenen Pfaden"는 1959년 출판된 일기체 소설이며, 함순이 감옥에 수감된 노년의 시기가 작품의 배경으로 설정된다. 작가는 이념이나 세계정치에 대해선 침묵하지만, 고령의 한 인간이 바라보는 자연과 인생을 향한 일상적인 관찰을 묘사한다.

1954년, 5월 24일 독일 바이에른 주 뮌헨에서 사진작가인
　　　　어머니와 외과의사인 아버지 사이에서 출생.

1976년, 일간지 '쥐트도이처 차이퉁SDZ'에 청소년 도서
　　　　서평을 정기적으로 기고.

1977년, 3부 연재물 '어느 의학도의 일기' 발표.

1978년, 자신의 학업과 사회적 고립을 묘사한 작품 『그가
　　　　목표에 도달하다』 출판.

1978년, 뮌헨 대학과 베를린 대학, 프랑스 파리 대학에서
　　　　역사학과 사회학, 연극학, 의학 공부. '고대사 연
　　　　구'로 역사학 박사 학위 취득.

1982년, '뇌기능 장애 연구'로 정신의학 박사 학위 취득.

1983년, 뮌헨 의과대학의 신경정신과 의사로서의 임상 경

험과 뇌기능에 관한 의학 연구를 바탕으로 소설 『즉시subito』를 발표하면서 문학계에 데뷔함. 이 작품으로 '잉에보르크 바흐만 문학상Ingeborg Bachmann-Literaturpreis' 수상. 의사 라스페 Raspe가 진료하는 정신과 병동의 일상을 묘사한 소설 『미친 사람들Irre』 집필. 독일 출판사 주르캄프Suhrkamp의 작가 지원금 수혜.

1984년, 뮌헨 시의 창작 지원금 수혜.

1986년, 희곡 3부작 『전쟁Krieg』 집필. 그중 제1부 『거룩한 전쟁Heiliger Krieg』은 1989년에, 제2부 『도살 Schlachten』은 1991년에, 제3부 『대장염의 진통 Kolik』은 1988년에 각각 발표. '작품 부록 Schriftzugabe'의 형식으로 구성된 산문집 『뇌 Hirn』 발표.

1987년, 예술 이론을 단상Fragment 형식으로 구성한 『썩은 고기Kadaver』 집필. 본 샤우슈필Bonn Schauspiel 극장에서 초연한 희곡 『전쟁』으로 '뮐하임 극작가상Mülheimer Dramatikerpreis' 수상.

1988년, 적군파 등 테러리스트의 사상과 대치하는 역사적 사건을 전개한 소설 『통제 사회Kontrolliert』 집필.

1989년, 희곡 『백내장Katarakt』 집필. 이 작품을 2000년 퍼포몬스 형식으로 공연. 독일 쥐드베스트 방송국SWF은 희곡 『전쟁』을 라디오 방송극으로 제작 방영.

1991년, '하인리히 뵐 문학상Heinrich Böll-Literaturpreis' 수상.

1993년, 베를린 장벽이 무너진 1989년의 역사적 사건을 담론 형식으로 전개한 희곡 5부작 중, 제2부 『요새Festung』와 제3부 『요새 비판Kritik in Festung』, TV 방송 원고 모음집 양식의 제4부 『1989』 집필. 그중 제1부는 1989년 발표한 『백내장』임. 희곡 『요새』로 '뮐하임 극작가상' 수상.

1994년, 『Word. Kronos. CD』를 CD 세 개와 소책자 형식으로 발표. 독일의 유명한 DJ 올리버 리프Oliver Lieb와 스테비 베 쳇Stevie Be Zet이 작업한 음악을 배경으로 작가 자신이 희곡 『크로노스. 보도물』의 텍스트를 낭독한 CD 『Triple-CD Word』 발표. 뒤이어 희곡 『백내장』을 직접 낭독한 CD 발표. 희곡 『크로노스. 보도물』의 역사적 무대였던 반제에는 현재 '베를린 문학 콜로키움'이 설립되었고, 이 단체로부터 작가 지원금 수혜.

1995년, 출판사 주르캄프의 작가 지원금 수혜. 도르트문
트의 'Techno-Events- Mayday' 행사에서 자신의
작품을 테크노 음악에 맞추어 낭독하고 공연 개
막식과 폐막식에 공동 작업함.

1997년, 베를린의 테크노 축제 'Love Parade' 제작자이며
독일 최고 DJ 베스트밤Westbam과 공동 작업한
『Mix, Cuts & Scratches』를 베를린의 메르베
Merve 출판사에서 발표.

1998년, '밤의 내적인 삶의 이야기Geschichten aus dem
Leben im Innern der Nacht' 라는 부제 아래 테크
노 댄스 장면으로 구성한 소설 『레이브Rave』 집
필. CD 『Word II - IX』 발표. 예술가 희곡 『제프
쿤스Jeff Koons』 집필. 프랑크푸르트 대학 초청
으로 '프랑크푸르트 시학 강의' 를 위한 'Praxis'
를 강연하면서 영화, TV 제작물을 담은 비디오와
오디오 CD 등 멀티미디어를 이용한 진행 방법은
그의 다양한 작품 형식에서 추구하는 '총체 예술
작품' 구상의 일부임.

1999년, '밤을 위한 텍스트와 그림 모음집' 『축하
Celebration』 집필. 작가의 인터넷 사이트에 일기

형식으로 『모든 이를 위한 쓰레기Abfall für alle』를 1년간 연재하고 700쪽 분량의 책으로 발표. '엘제-라스커-쉴러 극작가상Else-Lasker-Schüler Dramatikerpreis' 수상.

2000년, 소설 『폭로Dekonspirationе』를 발표함으로써 '현재의 이야기Geschichte der Gegenwart'를 부제로 한 5부작 '오늘 아침Heute Morgen' 완성, 제1부 소설 『레이브』, 제2부 희곡 『제프 쿤스』, 제3부 소설 『폭로』, 제4부 『축하』, 제5부 『모든 이를 위한 쓰레기』로 구성. 희곡 『백내장』공연. 소설 『레이브』를 희곡으로 집필. '빌헬름 라베 문학상Wilhelm Raabe-Literaturpreis' 수상. 희곡 『제프 쿤스』, '올해의 희곡작품'으로 선정.

2001년, 희곡 『아름다운 여인들의 10년째Jahrzehnt der schönen Frauen』 집필. 5부작 '오늘 아침'을 CD로 발표.

2002년, 프랑스 파리의 테아트르 우베르 극장에서 희곡 『제프 쿤스』공연.

2004년, 베를린의 도이체스 테아터에서 희곡 『제프 쿤스』 공연.

2005년, 영국 런던의 현대예술연구소 초청으로 희곡 『제프 쿤스』 공연.

현재, 2000년부터 베를린에 거주하면서 작품 활동 중.
홈페이지 www.rainaldgoetz.de 운영. 말과 현실의
대립, 삶과 글쓰기의 대립, 말했던 것과 생각한 것
의 대립 현상을 극단적으로 탐색하여 시, 소설, 희
곡, 그림, 사진, 음악 CD 등 다양한 예술 장르에 반
영하는 그는 팝 아트 계열의 작가로 평가받음.

"우린 여기 못 들어가.

난 들어 갈래.

진짜?

그래, 가자구."

『제프 쿤스』 제3막 제3장

작가는 위의 대사를 작품 첫 장면에 제시하면서, 지금까지 익숙해왔던 공간이 아닌, 새롭고도 이질적인 그래서 더욱 신비한 세계 속으로 발을 들여놓으려는 순간을 포착하고 있다.

막이 오르면 체험에 목말라 여기저기를 헤매는 이들이 나이트클럽을, 또는 갤러리를 기웃거리며 등장한다. 라이날트 괴츠는 각 장면을 피부에 직접 와 닿듯이 현장감 있게 재현한다. 작가가 삶에서 발견하고 끄집어 올린 일상적인 여러

재료들이 뒤섞이고 편집되어 또 다른 현실로 나타난다. 'Mix, Cuts & Scratches' - DJ의 독특한 녹음 기법으로 제작되는 음악처럼, 괴츠는 테크노 음악의 정신 위에 새로운 형식의 연극을 구상한다. 그의 연극의 중요한 도구인 언어와 리듬으로 삶에서 감지한 고유한 느낌을 가능한 한 그대로 옮겨 놓으려 한다. 자신의 삶과 그 표현의 거리감을 없애는 방법을 부단히 모색한다. 그에겐 글쓰기와 자기 체험이 하나로 결합되어 있다. 예술과 삶의 대립이라는 예술가의 고전적인 문제에 직면해서 괴츠는 이 두 영역을 동일한 것으로 만든다. 이러한 의도에서 그의 작품은 즉흥적이고, 자동기술적이며, 빠른 템포로 전개된다.

우연히 멋진 작가를 만났다.

경계선에 서서 부단히 정형화된 틀을 깨뜨리며, 주체와 타자, 의식과 무의식, 예술과 대중, 이미지와 감각 등 탈근대인의 삶과 예술에 관한 근본적인 물음에 직면하여 괴츠는 글쓰기의 새로운 모험을 감행한다.

『제프 쿤스』를 번역하는 작업은 만만치 않았다. 21세기의 대도시 안에서 끊임없이 자신을 낯선 곳으로 이끄는 예술가의 내밀한 삶을 호기심 가득한 시선으로 따라가면서도, 그의 뒷모습은 보일지언정 도대체 어디를 향해 가는지 그를 뒤쫓아가기가 무척 힘들었다. 다양한 예술적 실험을 글쓰기의 제한된 범위 안에서 시도한 이 작품에는 선명한 스토리가 없이 심각하게 파편화되어 있거나 분열된 내러티브 진행으로 희곡 형식의 파격이 곳곳에서 일어나 작품 전체를 조망하기가 난감했다. 하지만 괴츠를 만나 그의 작품을 읽는 일은 흥미진진했다. 비슷한 연배와 학력을 지닌 작가의 글을 우리말로 옮기는 작업은 더욱 가슴을 설레게 했다. 번역하는 기간 내내 연구실에서, 커피숍에서, 생맥주집이든 또 어디에서건 그를 직접 만나는 기분이었다. 그만큼 그의 글은 virtual reality의 세계로 더욱 더 강력하게 우리를 초대한다.

번역하는 동안 덕수궁 국립현대미술관에서 개최한 '20세기로의 여행' 전시 중 제프 쿤스의 조형작품 「진부함의 도래Ushering in Banality」(1988, 99×89×170)를 감상할 수 있었던 것은 참으로 행운이었다.

『제프 쿤스』의 번역은 주위 분들의 큰 도움으로 이루어질 수 있었다. 작품 첫 장부터 마지막까지 꼼꼼하게 수정해주신 나의 소중한 동료 Cornelia Roth 선생께 마음 깊이 감사드린다. 마침 캠니츠 대학에서 온 젊고 발랄한 Sandra Wyrwal 선생은 작품에 등장하는 독일 젊은이들의 속어와 Rave Party에서 쏟아내는 거칠은 표현을 정성껏 설명해주곤

했다. 또한 Nikolao는 2004년 베를린에서 공연된 『제프 쿤스』를 직접 관람하여 공연 사진과 자료를 건네주었다. 한편 라이날츠 괴츠의 중요한 극작법인 테크노 음악을 이해할 수 있게 된 것은 Johanna가 소개해준 힙합그룹 'Epik High' 덕분이었다 - '삶으로부터 마음으로, 마음으로부터 라임rhyme으로' -. 무엇보다도 독일 문학계의 최고 엘리트 작가를 만나게 해준 독일현대희곡선 총서 기획자 이정준 교수님께 진심으로 감사드린다. 끝으로 작품의 난해함 때문에 번역 마감일을 훌쩍 넘긴 역자를 위해, 인내와 수고를 아끼지 않았던 성균관대학교 출판부 선생님들께 미안함과 고마움의 마음을 꼭 전하고 싶다.

제프 쿤스

초판 1쇄 인쇄 2007년 8월 24일
초판 1쇄 발행 2007년 8월 30일

지은이 라이날트 괴츠 **옮긴이** 이혜자
펴낸이 서정돈 **펴낸곳** 성균관대학교 출판부
편집 신철호 · 현상철 **디자인** 최세진 **마케팅** 김종우 **관리** 김지현

등록 1975년 5월 21일 제 1975-9호
주소 110-745 서울특별시 종로구 명륜동 3가 53
전화 02)760-1252~4 **팩스** 02)762-7452
홈페이지 press.skku.edu

ISBN 978-89-7986-716-9 04850
       978- 89-7986-538-7 (세트)